抱　朴

抱
朴

洗冤録

中国古代刑案故事集

钟源 编

郑小悠 史志强 周琳 等 著

上海古籍出版社

目录

女性之声

冤可洗否？
——嘉庆年间重庆民妇告官案

周　琳

　　嘉庆二十二年（1817）十一月十九日，重庆城，四川总督行辕。一个妇人凄厉的喊冤声撕破了冬日肃杀的空气。[1]新任川督蒋攸铦急命人出外查看。不多时，一纸诉状摆到了他的案头。在外喊冤的女子名为周何氏，她状告巴县知县刘德铨刑讯逼供，害死了她丈夫周光鼎。蒋攸铦初到川省，对此地官场不甚了解。但凭多年为官的直觉，他知道此事并不简单。于是在蒋攸铦的推动下，这个案子开始重新调查、重新审理。

　　关于此案的文字记录语焉不详、支离破碎。年仅22岁的平民女子周何氏似乎一直在和一群"看不见的敌人"打着一场"必输的战争"。本文会讨论这个案件的过程、细节，但目的不在于推断出案件的真相。因为所谓的"真相"，早已被涂抹得面目全非。我们能做的，只是复现那些疑点、谎言和当事人的反常行为，从而去理解一位清代重庆的底层女性，如何面对周遭世界极端的"恶"。

祸之所起

嘉庆二十二年四月，距离归州船户周光鼎的死亡，还有不到六个月的时间。周光鼎沉浸在对未来的期待之中。他建造的一艘柏木大帆船即将完工，这艘船能承载 80—120 吨的客货，今后的生意自然会更加兴隆。就在此时，一位名叫胡启昌的商人找到了周光鼎。胡启昌在重庆城中经营着一家"启昌商号"，该商号在湖北汉口设有分号。因为胡启昌和周光鼎都是湖北人，周光鼎曾经帮胡启昌运过货，所以两人也算老相识。

这一次胡启昌托运的是 269 石大米。"石"是清代的重量单位，清廷规定"白粮以一百六十斤为一石"，[2]1800 年前后，江南地区 1 石 =160 市斤。[3] 以这个标准折算，269 石大米约为 21.52 吨。而四川的"斤"又比别的地方更大，[4]269 石大米大概重 25 吨。然而此时周光鼎的船还没造好，这一趟活儿他没法跑。于是，他向胡启昌介绍了另一名归州船户——张正举。张正举和胡启昌谈妥运输细节后，由周光鼎见证，签署了运载合同。在张正举的船出发前，胡启昌预付了 256 两白银作为运费。

四月中下旬，张正举的船载着启昌商号的米顺长江下行，向汉口驶去。然而五月十六日，船还未到汉口，张正举却被抓了。原来张正举根本没有老老实实地跑这一单生意，经过归州、沙市等地时，他陆陆续续地把启昌号的米卖掉了。最后他一不做二不休，干脆把自己的船凿沉了，跑到启昌商号汉口分号，谎称船只在途中失事，货物被江水冲走了。

启昌汉口分号的掌柜蔡登瀛是一个精明人，他发现张正举随身携带的胡启昌信件，根本没有一点被水打湿的痕迹。于是他满腹狐疑地随张正举去察看"沉船"现场。货物当然是没有了，但根本不是被水流意外冲走的样子。所以，他当下就把张正举扭送到了毗邻汉口的江夏县衙。至此，一桩普通的水上货运交易，演变成了一个刑事案件。

在江夏县衙，张正举对盗卖货物一事供认不讳。在重庆这边，周光鼎作为这桩交易的介绍人，在嘉庆二十二年六月十七日被巴县知县刘德铨传讯。自那天以后，周光鼎就再也没有走出巴县县衙。直到十月十三日，周何氏在县城郊外的荒山上看到了他遍体鳞伤、被随意丢弃的尸体。

短短六个月间，一个意气风发、正准备大干一场的殷实船主，变成了暴尸荒野的死人。这变故来得太突然，疑点太多，周何氏想不明白，也无法接受。

在劫难逃

其实从周光鼎走进巴县衙门那一刻，他的命运儿乎就已经注定了。

按理说，周光鼎没有动机和条件去盗卖启昌号的货物。毕竟运货的船不是他的，而且他常年在重庆城做生意，有家室，有产业，还正在计划扩大经营规模。除非有极特殊的情况，否则他不可能用那么拙劣的手段，去侵吞老主顾的货物。而张正举却是能干出这种事的人。他也是归州船户，但父母妻儿都在家乡，只有他一个人在重庆跑船。在清代的重庆，这类漂泊无根的船户很多。他们常年在水上，混得如鱼一般机敏油滑，坑蒙拐骗、打杀偷抢什么都干，他们和"水匪"是无限接近的。他们的行为有固定的套路，比如：

"溜子船"，即假抢客人、巡河差役，设局骗人钱财。骗不了就抢，对方若是反抗，干脆杀人灭口；"钻舱"，即趁大船夜里休息的时候，偷偷溜进船舱，偷窃财物；"桡头"，即招募一帮无赖，一拨假扮船夫，另一拨假扮船夫的债主。当船开到中途的时候,"债主"登船向"船夫"要债,不给钱就不让开船,于是船老大就忽悠客人帮"船夫"还债;"放飞",即船开到半路上,船夫在夜深人静的时候,卷走工钱和客人的钱财,集体跑路;"放炮",即先偷走客人的钱财、货物,然后趁船行到险滩的时候,故意把船凿沉,做成一个死无对证的局。[5]

张正举盗卖启昌号货物,又伪装成沉船事故,就是典型的"放炮"行为。既然张正举的不法行为那么常见,启昌商号的人和审案的官员,肯定一眼就识破了他的鬼话。可是为什么被刑讯致死的,不是张正举而是周光鼎呢?

在这个案子的卷宗中,反复出现几个数字:启昌号托运粮食269石;胡启昌预付运费银256两,周光鼎的新船价值银800两。不妨去查一下嘉庆二十二年湖北的米价,得到的近似数据是,每石1.9两。那么269石米,市价就是511两。将米的价值和运费的数额加起来:511+256=767(两)——启昌号的所有损失,差不多等于周光鼎新船的价值。也就是说,胡启昌的诉讼目标非常明确,他就是要拿到周光鼎的船,来抵偿启昌号的损失。

在知县刘德铨看来:一方面,周光鼎不愿用自己的新船为张正举"背锅";另一方面,启昌号又不肯善罢甘休。要结束双方僵持,尽快结案,最简单的办法就是折磨周光鼎,逼他吐出钱来，所以周光鼎成了张正举的替罪羔羊。但刘德铨那么急切地帮启昌商号索赔，这不太正常。因为在许多类似的案件中，知县根本就懒得管这样的事情。比如嘉庆十年（1805），蓬溪商人王元清等就说，他们的一批货物已经被盗卖了五年，到巴县衙门告了好几次状，但是从来没得到赔偿。

所以还得再把案情细节梳理一遍。这一梳理，另一个故事便浮现出来。在胡启昌的口供中，有这样一个细节：

> 小的去银一千三百余两，买米二百六十九石……送汉口交蔡登瀛发卖。

首先是米的流向。清代前期，人少地多、经济复苏的四川的确是一个"大粮仓"，长江中下游好几个省，都依靠四川接济粮食。据统计，雍、乾时期每年运销到长江中下游的粮食有100—300万石。[6] 这些米大多是从重庆上船，经长江运抵汉口分销。但到了嘉庆年间，随着四川人口的增加，粮食也不太够了，所以川米外运就渐渐停止了。因此之故，嘉庆二十二年启昌商号从重庆运米到汉口，就显得有点怪。

而更奇怪的，是米的价格。如果269石米在重庆的收购价是银1 300两，那么每石米的价格就是4.83两。可是在嘉庆年间，即便是全国米价最高的江南地区，也不过每石2—

3 两。[7] 重庆的米价怎么可能达到每石 4.83 两？而且当时湖北的米价不过每石 1.9 两，这每石 4.83 两的米拿到汉口去卖，胡启昌岂不是要赔得底裤都没了？

所以胡启昌肯定在撒谎。他为什么撒谎呢？最合理的解释就是，他托运的货物并不是米，至少并不全是米，还夹带着别的东西。有可能是某种价格昂贵的走私品。因为走私是犯法的，所以胡启昌只能说运的是米。

而更有可能的情况是，船上运的是刘德铨的私人财物。因为清代许多官员都是异地为官，常常需要托运财物，有时他们会找熟悉的商人代办。刘德铨和胡启昌恰好都是湖北黄陂人，所以胡启昌完全可能以运米为名，帮刘德铨运送财物。而刘德铨对这个案件过分"上心"，似乎也只能用丢失了私人财物来解释。张正举可能是在运输过程中发现了"货不对版"的猫腻，才索性"黑吃黑"，把一船货卖了。刘德铨和胡启昌吃了个哑巴亏，既不能明说船上装的是什么，也不能过分为难手里抓着把柄的张正举，只能铆足了劲儿去逼迫周光鼎。

除了逼周光鼎赔钱，刘德铨还极力阻止周光鼎和张正举见面。其实本案一开始，湖北江夏县就要求将周光鼎解赴江夏接受审问。因为案子发生在江夏县，周光鼎也是湖北人，这个要求自然是合理的。但刘德铨一拖再拖，致使四个月后周光鼎惨死在巴县人牢。周何氏在诉状中也曾愤怒地质问：

"江夏县关文来巴，应解往江夏县与张正举质审，虚实自明，何得用飞刑立毙？"

基于前面两个版本的故事，这个问题不难回答。因为一旦周光鼎和张正举当面对质，许多精心掩盖的真相就会暴露，刘德铨和胡启昌不仅得不到赔偿，还可能吃官司。所以周光鼎无论如何不能放走。但是刘、胡二人万万没想到，周光鼎居然熬不住拷打，死在了监狱里。

以上，我们梳理出发生在本案主要人物之间的两层故事。表层的故事简单清晰，深层的故事暗黑隐晦。不论哪一个版本更接近真实，都说明：从周光鼎被传讯至巴县县衙那一刻，他就走进了刘德铨、胡启昌、张正举共同编织的阴谋，这个阴谋是他无力挣脱的。

无需法律的秩序？

在《大清律例》卷十五《户律·市廛》部分，有对于水上运输、船户经营的明确规定，具体条文如下：

私充牙行埠头律文

凡城市乡村诸色牙行及船（之）埠头，并选

有抵业人户充应。官给印信文簿，附写（逐月所至）客商船户住贯姓名、路引字号、物货数目，每月赴官查照。（其来历引货，或不由官选）私充者，杖六十，所得牙钱入官。官牙、埠头容隐者，笞五十，（各）革去。[8]

私充牙行埠头第五条例文

各处关口地方，有土棍人等开立写船保载等行，合伙朋充，盘距上下，遇有重载雇觅小船起剥，辄敢恃强代揽，勒索使用，以致扰累客商者，该管地方官查拿，照牙行及无籍之徒用强邀截客货例，枷号一个月，杖八十。[9]

在清朝的法典中，"律"是基本法，是恒平的、抽象的、原则性的法律形式；"例"则是针对现实问题制定的，解释性的、变通性的、补充性的规定。上面的一条律文、一条例文，一共讲了三件事：

1. 清廷要求各处水路码头必须设置埠头（或称船行），作为水上客货运输的中介，在船户与客户之间介绍生意。

2. 开设埠头（船行）必须拿到官府给的执照，有资产作为担保，接受国家统一管理，私自开设是犯法的。

3. 埠头（船行）的一项主要职责是保障客货运输的安全。

也就是说，清朝的立法者已经充分地意识到，水上运输非常容易出事，所以设置专门的机构（埠头、船行）进行管理。这些机构必须有信用担保、事故赔偿的资质。

同治九年（1870）湖南湘潭船行开出的一份船运契约中就写明：由云祥船行为船户的信用做担保，如果运输过程中货物被损坏、丢失，船户要按照本地市价给客户赔偿。[10]

总之，清代虽然没有商业保险，但官方设置船行的埠头，就是部分地承担了现代保险公司的职能，确保出了事故有人负责。

据地方志记载，在清代前期，重庆本来设有船行埠头。但是乾隆十六年（1751）时，巴县知县以船行埠头"把持滋累、招摇撞骗"为理由，硬是给取缔了。也就是说，在这个案子发生的嘉庆二十二年，重庆这个长江上游最大的码头城市，已经有66年没有合法的船运管理机构。乾隆《巴县志》记载，裁撤船行是："所以顺舆情知其弊而严行察禁者，所以除商累不惟其法惟其人。"[11]用现在的话说，就是顺应民意，人性化治理，效果不好的制度和机构，哪怕是法律规定也要坚决给它精简掉。

这话说得漂亮，逻辑却完全不通：如果乾隆十六年以前的重庆船行、埠头，曾经有过"把持滋累、招摇撞骗"的"黑历史"，那其实有两种可能：一是这种制度设计本身就不合理，《大清律例》关于船行、埠头的规定从根子上就错了；二是地方官府对船行、埠头监管不到位，让他们失去约束、为所欲为。如果是第一种情况，那么全中国的船行、埠头都必然是名存实亡、近乎瘫痪。但事实不是这样，当时中国其他地方的船行、埠头虽然问题也不少，却大多还在发挥作用。那么就只剩下第二种可能，就是这种情况的产生其实是地方官府的责任，是地方官府与船行、埠头之间的监管、协作出了问题。换句话说，乾隆年间重庆裁撤船行、埠头，根本就是在治理失败的情况下，"摆烂""甩锅"的行为。

那这些可怜的"背锅侠"又是谁呢？有时候是财货受损的客商，在一些案子中，事故都发生了好几年，他们也得不到赔偿。有时则是周光鼎这样的大船主，因为他们在重庆经营多年，有些甚至是家族世代经营，所以他们在同行、在客户中有信用、有人脉。在没有船行、埠头的情况下，客商要雇船，中小船主要揽生意，都得靠他们居间介绍，所以他们又被称为"主户"。而胡启昌通过周光鼎雇张正举的船，就是"主户"在船行、埠头被取缔、地方官府又不作为的情况下，自觉承担责任的"背锅"行为。然而"背锅"是危险的。因为按照《大清律例》规定，无官府许可，私自介绍船运业务，那叫"私充埠头"，是犯法的。所以嘉庆年间重庆船运业，几乎是一种"全员违法"的状态。给人介绍生意的大船主，肯定是"私充埠头"。就连被介绍生意的中小船主，也是缺乏监管的乌合之众，就像今天的"黑车"一样。所以，这是一种系统性的崩坏。

在这种情况下，当然是祈求老天保佑不要出事。一旦出了事，官府想抓谁就抓谁。尤其是当客商强势的时候，倒霉的就是像周光鼎这样的"主户"，因为他们一方面有担保责任，另一方面有资产，赔得起。当然了，当时的重庆城有了船帮，即船户结成的同业组织。但是嘉庆年间的重庆船帮，最主要的职能还是组织船户为官府提供运输服务（办差），不怎么介入个体经营者的零散业务。

也就是说，嘉庆年间的重庆航运业表面上看起来热闹兴旺，实质上却是用个体经营者的身家性命，来对冲长江航运的巨大风险。大多数时候没有制度救济，是一个异常残酷的行业。很不幸的，周光鼎就在制度和法律的空洞边缘，一脚踩空了。

人命何价？

就算周光鼎遇人不淑，就算当时重庆航运业制度环境很糟糕，他还是有活命的希望，那就是贿赂。周何氏在上呈四川总督的诉状中，就提到这个案子的司法黑幕：

> 启昌等知氏夫在巴造大舡一只，值银八百余
> 金。启昌等串通差头叶荣等，门丁吴八、陈九，
> 官子刘道南，贿嘱刘主将舡封号拘靠河下可查，
> 贪嚼勒卖舡只，获银鲸吞。

也就是说，在周光鼎被传讯之前，原告胡启昌就串通了巴县衙门中的一批人，合伙把周光鼎往死里整。至于怎么串通的，大概率是通过贿赂。

周何氏所说的"差头"，就是差役的头目。"差役"是办理衙署内部杂务和行政外勤事务的人员。清代巴县衙门的差役主要有粮役、盐役、捕役、皂役、民壮几类。周何氏告的"差头叶荣"，大概是一名捕役。"门丁"是给衙门看大门的人，又称"门子"，是一种比较特殊的差役。因为他们的工作包含安全保卫、信息传递、机要收发等职责，所以通常是精明圆滑、在衙门中颇有能量的人。"官子刘道南"，自然是巴县知县刘德铨的儿子。

在清代的司法档案中，一旦出现这三类人，通常都伴随着某种"有罪推定"。衙内、"官二代"胡作非为、花式坑爹，从来就不是什么新鲜事。《红楼梦》第四回"葫芦僧乱判葫芦案"，

也让我们见识了一个门子如何向知府面授机宜、干预司法。而负责跑腿办事的差役，更是有一万种制造冤狱的手段。每当有案子告到衙门，他们就会去摸原、被告的底细。如果原、被告是家境尚可之人，那么一整套的敲诈勒索程序就启动了：

首先，差役拿着衙门的差票上门传唤原、被告。当事人要向他们付车马钱、鞋脚钱、送牌费，甚至还要置办酒席宴请他们，否则就是锁链加身，或者直接被定一个藐视官长、妨碍执法；即使原、被告小心打点一番，老实接受传唤，也未必能马上到达县衙，很有可能被差役们关押在如牲口棚一样的私设监所。这时，要想讨点吃喝、少受虐待，那就必须给钱；要想案子早点过堂，结束这种非人的羁押，那就更要给钱。否则关你一年半载没说的。

等到案子开始过堂审讯了，差役们敲诈勒索的理由就更多了。抄录诉状要给钱，提堂审讯要给钱，减轻用刑要给钱，增删口供要给钱，关押监牢要给钱，家人送饭要给钱……否则任何一个环节刁难一下，当事人就完全吃不消。案子审毕结案，当事人还要向差役支付辛苦钱、酬谢钱、和息费等等，否则可能拿不到结案文书，判决成为一纸空文。

不少学者认为，清代州县的胥吏、差役其实是非常欢迎老百姓打官司的。因为只要有人打官司，他们就能编织一个长长的"腐败产业链"。这个产业链养活着多少人呢？据说道光初年，巴县的胥吏和差役总数，达到了恐怖的 7 000 人。[12]在这之中，只有几十人是有编制的"正式工"，其余都是靠贪腐陋规赚钱的"临时工"。正因为如此，清代人管州县衙门叫"活地狱"。而这"活地狱"里的"活阎王"，常常是那些"临时工"身份的胥吏、差役。

当然也有学者认为，清代的胥吏、差役并没有那么坏。比如白德瑞（Bradly W. Reed）在《爪牙：清代县衙的书吏与差役》一书中提出：清代巴县的书吏和差役，创造了一套相当精细、具有合理性的惯例、规矩与程序。这些规则不符合国家法律，却约束着他们的行为，令他们基本正常地工作，形成一种"非正式的正当性"（informal legitimacy）。[13]

说回周光鼎的案子，怎么看都像是一桩刻意制造的冤案。

首先，官府的响应太迅速了。前文讲到，像这样普通的船运纠纷，官府通常是会拖延的，拖个三年五载也是常事。而这个案子，张正举五月十六日在湖北江夏县被抓，周光鼎六月十七日就被抓进巴县大牢，没有一点耽搁。这样的高效率，完全不像这个衙门的一贯风格。

其次，用刑太重了。周何氏在诉状中说，周光鼎被抓后，一直被严刑逼供，死前还被上了足以致命的刑：

去十月十三，复提氏夫堂讯，责嘴四十，跪

链采杠……氏夫身列庠生，飞刑难受，当即立毙。

所谓"跪链"，就是让犯人光腿跪在粗大的铁链上，以膝盖对抗铁链的硬度；而"采杠"则是将犯人的双手双脚用木杠压住，行刑者用力在上面踩踏，直到将犯人踩死。

按《大清律例》，州县衙门只能实施笞刑和杖刑，即用小竹片或大竹板抽打犯人。使用过于严酷的刑罚，致使犯人残疾或死亡，主审官员是要受处分的。而且周光鼎是拥有"武生"功名的人，本来就有免于受刑的特权。但即便这样，他还是被活活折磨死了。

再次，这一阶段的所有案卷记录都消失了。这一点在后文还要详细讲述，这里暂不多说。但这也可以证明，关于周光鼎之死，有许多不可言说、必须抹去的事实。究竟是谁要这样逼迫周光鼎呢？最有可能的就是本案的原告胡启昌。经手这个案子的人，之所以会照他的意愿办事，显然是受了他的打点。周何氏的诉状中也是这么说。

那么周光鼎可以贿赂吗？当然可以。周光鼎在入狱后，肯定考虑过这种可能性。甚至在某些诉讼环节，他都已经拿出钱来打点了胥吏、官差。但是到后来，他应该是放弃了。因为要参与这场贿赂竞争，必然涉及一个艰难的权衡：如果拿钱，有可能买回一条命，但前提是要比对方拿得多。可是自己的财力真的能抗衡开商号的胡启昌吗？如果不拿钱，命可能会丢掉，但至少能为家人保全一些财产。周光鼎一定是反复思量，最后做了后一种选择。所以在人生的最后两天，他突然翻供，做出一副不合作的样子，随即受刑而死。所以周光鼎的死，或许也是一种主动退出，是他选择了赴死。

吴思在《血酬定律：中国历史中的生存游戏》一书中，提出了"命价"的概念："所谓'命价'说是人们生命的价格。其核心的计算是，为了一定数量的生存资源，可以冒多大的伤亡风险，可以把自身这个资源需求者损害到什么程度。"[14]

周光鼎在死前大概也曾估算自己的命价，而且认为自己的命比不上家里的财产和那条新船。于是，他放弃了。有清一代，像周光鼎这样死于黑牢的囚犯很多。然而与同坠噩运的许多人相比，周光鼎又是幸运的。在他死后，他的妾周何氏——一位年仅22岁的女子，决定挺身而出，为他申冤。

为什么是她？

周何氏在诉状中说，周光鼎家中"弟兄六人，元配生有二子"。也就是说，归州周氏是一个挺大的家族，周光鼎至少有八位直系男性亲属。而且周氏宗族的七位男性成员，也不同程度地参与了这场官司。包括周光鼎的叔叔周道兴、兄弟周全堂、周寅堂、周仕堂、儿子周全、周现，以及不知是何关系的周维汉。那么问题来了：既然周家有这么多男人，为什么出头告状的竟然是周何氏？论家庭地位，她是近似于奴婢的妾，严格来说，根本不算这个家庭的正式成员；论社会角色，她是妇女，连独立告状的资格都没有；论年龄，她只有22岁，可能还没有周光鼎的儿子大。所以一个必须解释的问题是：为什么出头告状的人偏偏是周何氏？这是周氏宗族的诉讼策略，还是有其他的原因？

首先，妇女出头告状，的确是清代人的一种诉讼策略。清代法律对妇女告状的态度异常分裂。一方面，严格限制妇女告状，比如《大清律例》规定：妇女只有在经历谋反、叛逆、子孙不孝这样的重罪，以及自己（或家人）遭遇抢劫、杀伤等重大刑事犯罪的时候，才能出面告状。[15] 各地衙门的状纸，也要在醒目位置印上几条禁令，提醒妇女不得随意告状。比如周何氏使用的状纸上就写着：

> 一词内犯证不过五名，如株连牵扯妇女者不准；
> 一生监职员及老幼废疾妇女无抱告，不准。

也就是说，不到生死攸关、走投无路，妇女不能告状。

另一方面，在清代的成文法中，妇女又属于体恤、关照的弱势群体。妇女犯了死刑以下的罪，或者诬告了别人，是不用坐牢的，花点钱就能赎回来，称为"收赎"。[16] 就像今天14岁以下未成年人不用负刑事责任一样。这当然大大地鼓励了妇女告状，所以有学者说："我认为当时法律上限制妇女诉讼，可实际上她们（多数是寡妇）像是对邻家诉苦那么容易到法庭告状。"[17]

于是在清朝，不管在任何一个地方，妇女告状都绝对不少。不仅如此，有些妇女还在讼战中发挥出惊人的能量。还有一些轰动一时的上访官司，也是妇女出面来打的。比如著名的"杨乃武与小白菜案"，浙江举人杨乃武和邻居葛毕氏，被控谋杀葛毕氏丈夫。就是因为杨乃武的姐姐杨贞菊和妻子詹采凤赴京上诉，才使杨乃武与葛毕氏最终平反昭雪。[18]

周家的人可能也认为，由女人出面打这场官司，比男人出面效果更好。但问题是为什么是周何氏，而不是周光鼎的原配龚氏呢？理论上，龚氏才是这个家庭的主母，"寡妇"这个人设放在她的身上，才更加名正言顺。而且站在周何氏的立场，这官司简直是"地狱"难度。她的对手是巴县知县，是富商胡启昌，是形同地方"恶势力"的胥吏、官差，是地方制度的阴暗面。她要去说服的是重庆知府、川东道台、四川总督，甚至有可能是北京城的刑部尚书。而她一个家庭主妇，恐怕连诉状都看不懂，连怎么能见到这些大老爷都不知道——这根本就是一场必输的战争。

周何氏打这场官司是为了名吗？毕竟清代女性看重"名节"，在历代的《列女传》中，有一类就是"义女"，即以道义为重、拯救家人、热心公益的女子。中国历史上一位著名的"义女"，是民国时期的施剑翘。她的父亲被军阀孙传芳所杀，10年后，她在天津居士林佛堂用手枪刺杀孙传芳，为父报仇。一时轰动全国，成为无数人膜拜的"复仇女神"，连国民政府也基于民意特赦了她。

然而根据量化统计，在清朝巴县的地方志中，被记录、表彰的几乎都是为夫守节、以身殉节、孝顺温驯的女子（贞女、节女、烈女、孝女），"义女"一个也没有。[19] 也就是说，清代重庆城的女性虽然承担了各种社会角色，但本地的主流价值观根本不承认这一点，并不鼓励女性堂堂正正地参与家族、社会事务。所以就算周何氏打赢了这场官司，她也绝不可能像民国时期的施剑翘那样，成为众人仰慕的义女、侠女。

总之对于周何氏来说，打这场官司既不是分内之事，也没有名誉和利益可图，还担着天大的风险。那促使周何氏去做这件事的，恐怕只有两个字——"情义"。她或许是念着周光鼎对她的好，或许是被周光鼎的惨死激怒了，或许是出于对周家的责任心，她居然挡在那些比她有责任、更有资格的人身前，成为代表整个周氏家族打官司的人。

在各类史料文献中，多得是各种阴谋诡诈、机关算尽，以至于当柔软、真诚的人类情感出现于其中，人们都很难相信那是真的。但真实世界的残酷就在于，即便那是真的，当事人将受的痛苦和磨难也不会减少哪怕一分。

验尸有用吗？

嘉庆二十二年十月十三日，周何氏亲眼看到了周光鼎的尸体，她第一时间就去了重庆府衙告状。重庆知府受理了这个案件，并安排专人为周光鼎验尸。[20] 周何氏上呈四川总督的诉状中，描述了此次验尸的情景：

> 刘主将夫尸弃至城外荒郊，委员璧山县汤主相验。仵作唱声受刑身死，汤主谕氏书写"验得好"字样。

这次验尸的程序是没有问题的：由于案件涉及巴县差役，而且死因有争议，所以委托邻县知县主持检验；检验时死者家属在场，这样做虽然可能破坏现场，扰乱检验程序，但也使检验过程更加公开、透明；负责验尸的技师（仵作），一边检验一边唱报检验结果；最后形成验尸报告，家属现场签字画押。这些都是在清代法医教科书——《洗冤集录》中，反复强调的验尸规范。

但在不易察觉的地方，问题还是出现了。

首先，另一位家属周全堂缺席了验尸过程。周全堂不仅是周光鼎的表兄，还是周何氏的抱告，他理应出现在验尸现场。但是验尸的时候，周全堂却被巴县知县"锁押不释"。这等于给了验尸人员当场作弊的机会。因为周何氏大概率是不识字的，她只能听仵作口头唱报验尸结果，却看不懂验尸的文字记录。所以如果周全堂不来，周何氏就等于是个"瞎子"。即便仵作可以当场唱报"受刑身死"，书吏却可以作完全不同的记录。只要稳住周何氏当场不发难，验尸程序就算顺利结束了。正是因为如此，周何氏才会在后来的诉状中控诉他们，"同寅相卫，验是详非，笔下埋冤"。但那时周光鼎的尸体已经高度腐烂，死无对证了。

其次，即便验尸现场被做了手脚，后来这份验尸报告还是不见了。为了确保司法检验严格、规范，清廷要求各地方衙门使用刑部统一颁发的验尸表格，称为《尸格》。其中不仅有人体各部位的详细绘图，还有记录每个部位伤情的空白栏。

在空白栏中，检验人员要在相应的栏内填写伤痕的物理性状，且要分辨是"致命伤"还是"非致命伤"。这就是从技术上强制检验人员做细致的检查和描述，不能张冠李戴，不能含糊其辞。而且《洗冤集录》中说：

> 凡邻县有尸在山林荒僻处，经久损坏，无皮肉，本县已作病死检了，却牒邻县复。盖为他前检不明，于心未安，相攀复检。如有此类，莫若据直申。[21]

也就是说，凡是到邻县复检尸体，大概都是死因有争议的案子。在这种情况下，验尸官不如实话实说，千万不要给自己惹麻烦。

或许正是因为如此，璧山知县还是在验尸报告中留下了一些无法回避、未经修饰，但又对巴县衙门中某些人非常不利的记录，于是这份重要的尸检报告就凭空消失了。其实就算这份报告不消失，以当时的尸检技术，也无法确定周光鼎究竟是"受刑身死"还是"因病而死"。因为在中国古代，"法医"和"医生"完全是两拨人。医生不管死人的事，仵作（近似于法医）也大多不通医理。所以那时的"检验之术"，绝大部分都是体表检验，只能检查体表伤痕，一遇到创伤和疾病共存的复杂情况，就一筹莫展了。周光鼎死后，还有一位姓刘的医生提供了一份证词，说周光鼎"患的是伤寒病症"。耐人寻味的是，周光鼎的尸检报告消失了，医生的证词却在案卷中保留了下来。所以本案的文书材料是非常明显的"选择性消失"。但即便周光鼎的尸检报告没有"消失"，它也无法推翻医生"因病而死"的证词。

总而言之，尽管有很多研究说清代的法医技术越来越规范、完善，但至少在这个案子中，尸检对破案一点用都没有。它只不过是一场表演，或是一个文牍流程。而且就算那些"文牍"，也是可以随时消失的。

来去成谜的证人

既然验尸已经不能指望，周何氏只能与胡启昌、刘德铨展开正面交锋。由于保留下来的诉讼文书七零八落，已经没办法复原这个对决的过程。但这些前言不搭后语的卷宗，却显现出一个诡异的事实：在诉讼的过程中，关键的证人就像戏台上的道具，恰到好处地"出现"，又莫名其妙地"消失"。

第一个神秘的证人，名叫周盛堂。张正举的一份口供中，是这样提到周盛堂的：

周光鼎因另有事，叫小的同他哥子周盛堂……一同驾舡下来……四月十八，舡到归州，周盛唐又挑米二十二石去了。二十七日在沙市，又凭王德行兴卖与水客李致和米三百石，又在王德兴行另卖米一百一十七石，共得价钱九百千文……周盛唐就叫小的把舡弄沉，小的见这是犯法的事，不敢动手。

仔细分析这段话，其实每一句都意图：

1. 周盛堂是周光鼎的哥哥，他出现在张正举的船上，也就意味着周光鼎即使身在重庆，也可以远程操控这艘船；2. 张正举的确盗卖了米，但此事周盛堂也有份；3. 张正举的确凿沉了船，伪造事故现场，但那是在周盛堂的教唆下干的。

这样一来，张正举把自己的罪责推了个干净，"锅"全是周光鼎和周盛堂的。但在张正举刚被抓的时候，口供中没有周盛堂。嘉庆二十二年九月，也就是被审讯四个月以后，他才翻供，把一切都推给周盛堂。而周何氏上诉到四川总督衙门后，在张正举、胡启昌等人的诉状、证词中，周盛堂就消失了。后来案子了结，周何氏罢诉回家，周盛堂又出现在巴县整理的案情汇报资料（通详）中。然而在整个案子审讯、调查的一年多，周盛堂本人从来没有现身。在周家人的诉状、口供中，也一次都没有提到过周盛堂。

也就是说，"周盛堂"只出现在一方的供述中，而且只在需要的时候出现，很难相信"周盛堂"是一个真实存在的人。他的出现好像就是为了把周光鼎和这个案子强行联系在一起，把周光鼎的罪责坐实。但当周何氏通过上诉不断推动这个案子的深入调查时，他就必须要"消失"，否则就穿帮了。

第二个消失的证人，是李文举。张正举的口供中，提到一位名叫"李老六"的水手，也参与了盗卖大米和伪造沉船事故：

> 周光鼎因另有事，叫小的同他哥子周盛堂
> 并水手归州人李老六、江夏人郄佳胧一同驾舡下
> 来……五月十四日到沔阳毛埠地方，就叫李老六
> 把舡底板撬开，流至石头关江心沉了。

在六月中旬周光鼎被捕后，有一个名叫"李文举"的人也被关进了巴县大牢，据说他就是"李老六"。其实这个"李文举"肯定不是"李老六"。因为当时从汉口附近到重庆，水路大概要走 40 天。[22] 所以如果"李老六"五月中旬真的在沔阳，六月中旬他不可能出现在重庆。再说，如果"李老六"

真参与了作案，他又怎么会回到重庆去自投罗网？所以这个"李文举"大概是个"顶包"的。但据周何氏说，周光鼎被打死的时候，"李文举"就在现场"旁跪活质"。所以，就算这个假的"李老六"没法证明周光鼎没有盗卖大米，但他是周光鼎死前最后接触的人。要调查周光鼎的真正死因，他的证词是最有分量的。但是在周光鼎死后，"李文举"就再也没有发出任何声音。甚至这个人到哪儿去了，都成了一个谜。

第三位消失的证人，名叫蔡启昌。嘉庆二十二年十一月，周何氏赴四川总督行辕告状成功，新任川督蒋攸铦发下札文，要求巴县重新调查周光鼎的死因。在这种压力之下，刘德铨只得将周何氏诉状内提到的胡启昌、差役叶荣、刘斌等人收押审问。然而就在这时，一位名叫蔡启昌的人"死"了。这个"蔡启昌"，大概就是在湖北江夏县状告张正举的"蔡登瀛"，也是本案的关键证人。清代的诉讼案卷中经常乱写人名，所以把他的名字写成"蔡启昌"也不奇怪。但为什么偏偏在案件调查不断深入的关头，他就"死"了？最有可能的情况，就是见事闹大，胡启昌、刘德铨怕了。为了堵住蔡登瀛的嘴，防止他被上级衙门点名传讯，干脆让他去"死"。事实上，他有可能已经金蝉脱壳，离开了重庆。在同治四年（1865）重庆城的一场脚夫斗殴案中，一位名叫"李鸿义"的犯案脚夫，也是用诈死的方式逃离了重庆城。[23]

第四位消失的证人，是刘道南。刘道南是巴县知县刘德铨的儿子，在周何氏的诉状中，严厉地指控他是勒索、迫害周光鼎的主谋。但是在后来的调查过程中，刘道南从来没有出现。

总之，随着周何氏的上诉，随着上级长官越来越关注这个案子，本案的证人（甚至是被告）就离奇地"出现"，离奇地"消失"。有的是从文书档案中"消失"，有的甚至可能是肉体的"消失"。

消失的案卷和摇摆的证言

清朝的衙门，遵循着一套严格、缜密的文书体制。每一件诉讼都对应着少至数件，多至数十件、上百件的案卷文书，而且这些文书都要存档备查。然而仔细查阅本案的卷宗会发现，现有这些档案文书都是从嘉庆二十二年十一月——也就是周何氏赴四川总督行辕告状的时候开始的。在那之前的所有案卷，竟然都消失了。也就是说，关于周光鼎被捕、周光鼎意外死亡，周何氏最初向重庆府、川东道上诉的所有材料，全都不见了。

为什么会不见？不外乎两种原因：一是在过去的二百多

年中，因为保管不善导致文书损坏、丢失；二是被什么人秘密地、刻意地销毁了。我相信是后一种情况。因为其实在这个案子调查、审理的过程中，这批案卷就已经不见了。从嘉庆二十二年九月到二十三年八月，负责审问本案另一批嫌犯的湖北嘉鱼县，就先后八次向巴县发函，要求将周光鼎的审讯记录、诉讼文书抄录一份，发给他们作为办案的参考。

在嘉鱼县的发函中，知县甚至用了"幸勿稍缓、立望立望"的催促之语，说明他已经被巴县的拖延搞得非常焦躁。

出乎意料的是，嘉庆二十三年（1818）六月初，也就是在被催了八个月之后，巴县知县刘德铨向嘉鱼县发了一份公函，说案卷已经在寄往嘉鱼的路上。可是嘉庆二十三年八月，嘉鱼知县再一次通过湖北巡抚向重庆府交涉，要求巴县提供周光鼎的相关案卷。即两个月过去了，嘉鱼县还是没有收到那批案卷。但是到了此时，就算湖北巡抚出面交涉也没用了，因为刘德铨已经调离了巴县。嘉庆二十三年六月那份公函，根本就是一个缓兵之计，为的就是稳住嘉鱼知县，刘德铨好顺利跑路。而且之后如果再被问起这件事，他还可以装傻，说文书半路上寄丢了之类的。

也就是说，这个案子早期的案卷不仅今天的我们看不到，就连当时合作审案的湖北官员都没有看到。可知在这些案卷中，有一些绝不能让外人知道的秘密，必须彻底销毁，这和周光鼎被灭口、验尸报告消失、关键证人消失是一模一样的道理。

不仅如此，本案的关键口供、证词也严重地不一致。其反转的关键节点在嘉庆二十二年九月。在那之前，张正举供称他的船是在"江夏驴溪口"沉没。在那之后，张正举突然翻供，说船是在"嘉鱼石头关"沉没。江夏县和嘉鱼县两个不同地方，中间隔着100多公里的水路。作为船户的张正举，绝不可能将两个地方搞错。所以这两份口供，至少有一份是假的。

以嘉庆二十二年九月为节点，张正举供诉的案情也发生了巨大的反转。在此之前，他承认自己是盗卖大米的主谋，周光鼎与此案没什么关联。在此之后，他坚称自己是周光鼎的干儿子，盗卖大米的事情都是周光鼎指使周盛堂干的。他还专门解释，为什么会翻供：

> 小的因被事主指告，周光鼎又未同来，分辨
> 不明，怕受刑责，所以自认起意伙同李老六们盗卖
> 的。今蒙审讯，实是周光鼎在重庆把米盗卖……

也就是说，在刚被抓的时候，他发生了暂时的失忆和头脑错乱，所以忘了供出周光鼎。一番审讯之后，他把一切都"想"起来了。满满的嫁祸栽赃、"此地无银三百两"的味道。

再来看这个案子幸存下来的案卷，篡改的痕迹更重。请看下面这页文书：

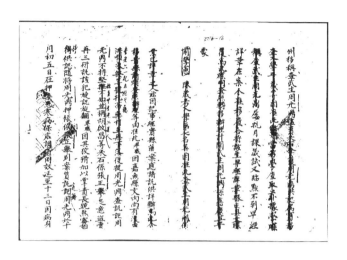

这是这桩诉案结束以后，巴县提交给上级衙门的汇报材料的底稿。我们可以看到，这一页有一大半都被删改过。删改的内容，一是关于周光鼎的身份，删去了他获得"武生"功名的具体信息。这当然是因为"武生"有司法特权，怕过于具体的信息引起上司追查的好奇心；另外被删掉的，还有张正举船只载运的其他货物，估计也是害怕节外生枝。我们现在看到的案卷，有一部分是衙门书吏制作正式司法文书时写的草稿。这些草稿竟让我们拥有了一种"后台"视角，看到那些所谓的"事实"，是怎样被挑选、删除和涂改的。

总而言之，在这个案子中，似乎有一种神秘的力量将所有的责任、祸水往周光鼎的身上引。而所谓的"事实"，也变成了一种类似橡皮泥的东西，可以不断揉圆捏扁，按需塑造。当然了，这一切的深文周纳、刀笔之术，周何氏都是不知情，甚至无法理解的。

消失的法官

在这个案子中，有一个人高度可疑，那就是巴县知县刘德铨。引发案件的一船货，极大可能与他有关；周何氏控告的几个人，每一个都与他有关；周光鼎暴毙、消失的尸检报告、消失的证人、消失的诉讼案卷、诡异变换的证词，每一项都在他的职权范围之内。所以如果这个案子有一个幕后"大Boss"，那一定就是刘德铨。他为什么要这样做？或许是因为他和消失的那一船货有关联。即使那一船货与他无关，周光鼎之死也使他涉嫌重大职务犯罪。《大清律例》规定："地方文武官员……若抑勒苦累事主致死……除革职外，照'故勘平人律'治罪。"[24]

也就是说，法官刑讯逼供打死当事人，有可能是杀头的大罪。更何况周光鼎还是有功名的人，如果认真追究起来，他绝对死定了。所以当周何氏逐级上诉、调查越来越深入的时候，他要疯狂地转移证人、毁灭证据、藏匿文书、篡改事实。

嘉庆二十三年六月，当周何氏的上诉进行到第七个月，重庆府、川东道、川督衙门纷纷介入此案，越来越多的嫌疑人被捕的时候，刘德铨突然消失了。据说他被调往川西的茂州（今四川茂县）。从那以后，重庆知府、川东道台开始制作各种向上汇报、向下传达的文书，大意就是此案到此为止，大家该干啥干啥去吧。为什么重庆知府、川东道台要帮刘德铨收拾烂摊子？我们不得而知。但是刘德铨安全"上岸"，这是千真万确的。

据《茂州志》记载，刘德铨在那里当了五年知州，直到道光三年（1823）丁忧而去。这五年中，他甚至还因为支持地方文教事业而颇有美名。[25]

当女性来打官司

嘉庆二十三年六月，这场讼战终于迎来了结案时刻。在周何氏控告的七人中，只有差役郭荣被杖责三十，胡启昌和差役叶荣、吴八、陈九被羁押三个月后无罪获释，而刘德铨、刘道南则无声无息地消失了；周何氏领回了周光鼎的船，但周光鼎依然被认定为盗卖大米的主谋。也就是说：一方面，迫害周光鼎的一伙人吃了些苦头，嫌疑最大的幕后黑手甚至被逼走，但他们所受的惩处也不过是"罚酒三杯"；另一方面，周何氏成功拿回了周光鼎的船，但周光鼎的冤屈仍然未被洗刷。所以周何氏的诉讼很难说是成功还是失败，但作为一个22岁的平民女子，这已经是她能争取到的最好结果。

可是在诉讼结束以后，周何氏又将面对怎样的未来呢？在今天的人看来，一个有胆识、有担当、在灾难到来时忠诚守护家庭的女子，当然值得被感恩、被记住，至少在这个家庭范围之内。但很可惜，那或许不是周何氏的人生。她最好的结局大概是回到周家，默默无闻地度过漫长的余生；而比较不好却极有可能的结局，就是被非议、被忘记甚至被扫地出门。不可思议吗？但清代的中国其实不乏这样的例子。

比如晚清名妓"赛金花"。在八国联军攻陷北京，两宫仓皇西逃，文武百官如丧家之犬的时候，唯独她挺身而出，与联军统帅瓦德西周旋，避免了北京城遇到更残酷的屠杀和破坏。然而危机过去之后，许多"正人君子"迫不及待地对她进行道德审判，说她"秽乱宫禁、招摇市廛，昼入歌楼，夜侍夷寝"。最后，她被赶出北京城，两度嫁人又两度被抛弃，终于在穷困潦倒中死去。

清朝人为何会对担当道义责任的女性有如此大的恶意？因为在清朝人的主流意识形态中，女性的理想人格只有"节烈"二字，那些被表彰的"贞女""节妇"和"烈女"，要么是用极端的方式禁欲，要么是用极端的方式抵抗性侵，女性的道德任务只剩下"至奇至苦"地规训自己的身体。而像花木兰、杨门女将这样有才能、有担当、光芒盖过男性的"义女""贤女"，并不符合清朝主流的道德审美。[26]

至于为什么会如此？实在是一言难尽。

但是在清朝，随着商业的发展、城市的兴起，却有越来越多的女性有机会（或不得不）走出家门、赚钱谋生、参与社会事务。有时，她们的女性身份和行动力会被有意无意地利用，比如周家利用周何氏打官司，北京城居民仰仗赛金花与八国联军斡旋。所以，她们可以说是那个时代的"新女性"。然而她们所做的一切，不管是做生意、打官司还是当妓女，都是在社会默许的范围内，没有相应的法律、制度、观念给她们以援助和保障。她们的能力和作为，甚至会吓到或者冒犯身边的人。所以她们一方面背负起更多、更苛刻的责任，一方面却仍然是权力匮乏的弱者。她们的能力和"义行"，反而会让她们置身于危险的境地，或招来深不见底的恶意。

所以当女性走上法庭，当女性走出家门，却不见得是女性真正的觉醒和解放，反而有可能是家庭、社会对女性更大程度的苛责与剥削。只有权利、尊严和个人幸福得到认可，女性才能堂堂正正地存在于这个世界。正如鲁迅在《我之节烈观》中所说：

> 她们是可怜人，不幸上了历史和数目的无意识的圈套，做了无主名的牺牲，可以开一个追悼大会。
>
> 我们追悼了过去的人，还要发愿：要自己和别人，都纯洁聪明勇猛向上。要除去虚伪的脸谱。要除去世上害己害人的昏迷和强暴。
>
> 我们追悼了过去的人，还要发愿：要除去人生毫无意义的苦痛。要除去制造和赏玩别人苦痛的昏迷和强暴。
>
> 我们还要发愿：要人类都受正当的幸福。[27]

1 本案相关档案见四川省档案馆藏清代《巴县档案》，档号：清6-02-03776，题名：本城周何氏告胡启昌屡向氏索诈勒去钱文一案。

2 光绪二十五年《钦定大清会典事例》，第7523页。

3 李伯重：《中国的早期近代经济——1820年代华亭—娄县地区GDP研究》，中华书局，2020年，第316页。

4 清代相对常见的称量标准是1斤=16两，而四川的秤制又比别的地方更大。据记载，在重庆开埠前，巴县"或二十四两为一斤，或二十两为一斤，十八两、十六两为一斤"（参见陈显川《清末新政时期四川统一度量衡改革及地方的回应——以巴县档案为中心》，《农业考古》2017年第3期）。所以胡启昌托运的269石大米，应该比以依照江南秤制换算出来的更重。

5 乾隆《巴县志》卷三《课税》，乾隆二十六年（1761）刻本。

6 谢放：《清前期四川粮食产量及外运量的估计问题》，《四川大学学报》1999年第6期。

7 陈轶：《清代乾嘉道时期江南地区米价变动研究》，杭州师范大学硕士学位论文，2018年，第25页。

8 马建石、杨育棠主编：《大清律例通考校注》，中国政法大学出版社，1992年，第529页。

9 《大清律例通考校注》，第530页。

10 陈瑶：《江河行地：近代长江中游的船民与木帆船航运业》，商务印书馆，2023年，第73页。

11 乾隆《巴县志》卷三《课税》。

12 （清）刘衡：《蜀僚问答》，收入刘俊文主编《官箴书集成》第6册，黄山书社，1997年，第152—153页。

13 ［美］白德瑞：《爪牙：清代县衙的书吏与差役》，尤陈俊、赖骏楠译，广西师范大学出版社，2021年，第213页。

14 吴思：《血酬定律：中国历史中的生存游戏》，四川人民出版社，2013年，第2页。

15 阿风：《明清时代妇女的地位与权利——以明清契约文书、诉讼档案为中心》，社会科学文献出版社，2009年，第207页。

16 《明清时代妇女的地位与权利——以明清契约文书、诉讼档案为中心》，第206页。

17　[日] 臼井佐知子：《从诉讼文书来看清代妇女涉讼问题》，《徽学》第九卷，合肥工业大学出版社，2015年。

18　吴仁安：《清末江南惊世疑案钩沉——杨乃武与小白菜（葛毕氏）一案的历史真相》，《江南大学学报》2014年第4期。

19　刘任南：《女性角色下的文化地理区：清代重庆地区列女地理分布研究》，西南大学硕士学位论文，2016年，第53—56页。

20　相关档案见四川省档案馆藏清代《巴县档案》，档号：清6-02-01304，题名：总督部堂札巴县、璧山县详报奉委代验巴县案犯周光鼎病故一案。

21　（宋）宋慈著，高随捷、祝林森译注：《洗冤集录译注》，上海古籍出版社，2008年，第151页。

22　[英] 阿奇博尔德·约翰·立德乐著，谢应光译：《长江三峡及重庆游记：晚清中国西部的贸易与旅行》，重庆出版社，2018年，第111页。

23　相关档案见四川省档案馆藏清代《巴县档案》，档号：清6-27-08592，题名：本城周恒升等与茶邦李芳廷等人因争运客货地界构讼。

24　《大清律例通考校注》，第689页。

25　（清）杨迺怿撰：《茂州志》，道光十一年（1831）刻本。

26　钱南秀：《"列女"与"贤媛"：中国妇女传记书写的两种传统》，收入游鉴明等主编《重读中国女性生命故事》，江苏人民出版社，2012年，第61—78页。

27　鲁迅：《我之节烈观》，收入氏著《鲁迅全集》（第一卷），人民文学出版社，2005年，第130页。

告状的少女
——清代重庆一桩"拐逃"案

辛佳颐

清同治二年（1863）四月，一桩与"拐卖"少女有关的案子被呈上了四川巴县（位于今重庆市）衙门。[1] 在卷帙浩繁的巴县档案中，与拐逃妇女有关的案件极为常见。保存在四川省档案馆的清代巴县档案中，有一项"妇女"分类，其中包含了大多数与妇女相关的冲突（和妇女有关的命案与盗窃并不在此列）。经过笔者与各位学者的抽样研究，拐逃在"妇女"档案中占比最大，在不同时段，其占比在三分之一到二分之一之间波动。但无论如何，其数量都在奸情或其他任何一类案件之上。从中可以看出，拐卖妇女在清代巴县已经到了猖獗的地步。

在今天，拐卖妇女是严重的犯罪行为，按《中华人民共和国刑法》的规定，一般要处五年以上十年以下有期徒刑并处罚金；而按照《大清律例》，拐卖妇女要承担的罪责甚至可至死刑。但是在本文所讨论的案子里，我们会看到其情形远比直截了当的拐卖妇女罪要复杂，而这恰恰是大多数巴县档案中"拐卖"妇女案的情况。

另一方面，这份卷宗又十分罕见，因为其中保存了一名未婚少女提交诉状的记录。本文希望借此案说明十九世纪拐卖妇女案件中那些值得深思的幽微之处，并试着撕开清代女性艰难生活的一角。

第一回合：平平无奇的开场

同治二年四月初七，案卷中第一份诉状，由六十岁老妇人杨颜氏呈交，她声称自己的孙女被人拐走。原来，杨颜氏的长子去世后留下了一个十五岁的女孩杨长姑。据杨颜氏说，长姑尚未婚配，平常跟杨颜氏的小儿子、开剃头铺的杨洪兴住在一起。趁杨洪兴不在家，地痞"李二大耶（爷）"看长姑年轻漂亮，就在四月初二引诱杨长姑拿着家里的衣服首饰，跑到了巴县城里的神仙坊。杨洪兴回家后，在乡约团练的帮助下，才找回了长姑。

在巴县档案中，这是一件稀松平常的案子，县令的批复也是公式化地要求各方等待审讯。同样不出所料的是，被告为"据实诉明"的状子也在同时递交到了衙门。杨颜氏状中所称的"李二大耶"名为李玉亭，二十八岁，自称是水果贩子，并且一直与杨洪兴家有来往。前一年，李玉亭托杨家的亲戚为媒人，与长姑订婚，并且给了聘礼银子。照他的说法，杨洪兴虽然知道订婚一事，却仍然多次"逼长姑另行嫁卖"。四月初二，长姑托人找到了李玉亭，当面哭诉叔叔逼自己嫁给别人。李玉亭想把长姑送回去，但长姑就是不回。不得已李玉亭通知杨洪兴，要找个日子摆酒结婚。杨洪兴把长姑接回去之后，立刻就让其母杨颜氏到衙门告状。按照李玉亭的说法，这件案子更多是对方的悔婚与诬告，自己是长姑的未婚夫，并不曾拐走长姑。

因为所有人员均已到齐，当场就进行了庭审。第一回合中，可以说李玉亭完败。杨颜氏的口供称长姑定亲的对象是李青廷（田），只不过李青田在外做生意，故而尚未成婚（注意，这一点实际上与诉状中说的不一致）。李玉亭则在供状中承认自己骗长姑去杨颜氏处吃饭，却把长姑用轿子抬到了别处，并且逼长姑和自己成亲。最终，李玉亭被判"掌责"后释放。

如果到此结束，那么这是一个情节比较明了的拐逃案件：无知少女被诬骗逼迫后，在奶奶和叔叔的坚持下讨回一部分公道，此案最大的问题或许是没有按照《大清律例》中"略人略卖人"下的条例，将为首的李玉亭拟绞监候。但清代县级司法档案经常从轻判案，在双方都同意结案的情况下，算是正常操作。也就是说，到现在为止，案件都平平无奇。

第二回合：告状的少女登场

然而，仅仅二十天之后，趁着前任县令离职，此案再生波澜，这次主动出击的是一名"媒人"郑十八。然而他的诉状并没有保存在案卷中，仅从其他诉状和口供中可知一二：郑十八说自己是杨兴发（即前杨洪兴，本案中有大量一人多名的情况）铺子里的剃头匠。上次官司之后，杨兴发让郑十八去向李玉亭说媒，李玉亭给了彩礼之后，杨兴发反悔，李玉亭跟郑十八要回彩礼，杨兴发又不退，郑十八没有办法就把杨兴发等人都告上了衙门。

郑十八的诉状似乎涉及了杨长姑，大概是借此机会，杨长姑亲自提交了一份有利于李玉亭的诉状。在笔者所阅读过的超过 1800 份状子中，仅有两份是未婚女性所呈交，而长姑这一份尤为特别，因为她没有"抱告"。

写到这里，我不得不宕开一笔，解释一下什么是"抱告"以及背后的问题：清代女性能自己出面告状吗？在各种古装影视剧中，观众见过不少女性击鼓鸣冤上堂告状的场面。但在真实历史中，这些场景发生的概率恐怕要比电视里低很多。《大清律例》没有完全否认女性诉讼权利，但是也不遗余力地为其抛头露面设置障碍。且看"见禁囚不得告举他事"条："其年八十以上、十岁以下及笃疾者，若妇人，除谋反、叛逆、子孙不孝或己身及同居之内为人盗诈、侵夺财产及杀伤之类听告，余并不得告。"[2]

也就是说，女人、老人、小孩和残疾人只能在发觉谋反、子孙不孝等极为有限的情况下才能告状。但是，这一律条下的例又把事情弄得更加复杂而含糊："年老及笃疾之人，除告谋反、叛逆及子孙不孝，听自赴官陈告外，其余公事，许令同居亲属通知所告事理的实之人代告。诬告者，罪坐代告之人。"[3]

这一条说的是，在发觉谋反等情况下，老人和残疾人可以自己去告状，其他的情况下，要告状必须有代告，也就是"抱告"，即由他人代替本人参与诉讼。然而，这一条没说妇女和小孩要怎么办，妇女遇到谋反这样的大事，可以自己去告状吗？参与其他官司需要抱告吗？法律并没有做出说明。

不过在地方司法实践中，妇女需要抱告是毫无疑问的，证据是档案中的《状式条例》。清代的状子需要写在一种特定格式的纸上，其最后往往附有一系列关于谁在何种情况不准告状的诉讼规则，这就是《状式条例》。目前保留下来的几乎所有《状式条例》中都会有类似"有职人员及监贡生员、妇女，无抱告者，不准"的规定，甚至对妇女告状做出了更加严格的限制，比如"细事牵连妇女，及夫男现在，支妇女出头者，不准"。现存以女性为原告的清代诉状中，绝大部分都有抱告，如前文杨颜氏的抱告是其小儿子杨洪兴，在笔者所检视的所有312份女性呈交的状子里，只有15份没有抱告，而杨长姑就是其中之一。

更为少见的是未婚女性告状。不仅在巴县档案中，而是在几乎所有地方档案中，未婚女性告状都极为罕见。譬如吴佩林教授在406件南部县婚姻档案中，没有发现任何一例由未婚少女发起的诉讼，而90%以上参与诉讼的妇女都是寡妇。[4] 在黄岩档案和淡新档案中也没有发现过未婚女性告状的例子，故而杨长姑的诉状确实称得上凤毛麟角。

寡妇有更多的机会到衙门告状，因为她们通常年长，在家中有权威（丈夫去世、公婆去世的可能性也比较大），能动用家庭财产以合理合法的理由（比如儿孙不孝）诉讼，甚至于孀居不改嫁的寡妇还能在道德上占据高点。而未婚女性，年幼应听从父母长辈教导，有问题应该由长辈解决（比如本案第一回合），故而没正当的理由，更没钱到衙门告状。种种因素造成了未婚少女在原告行列中的缺席。而长姑能顺利告状，最重要的是自身的意愿与能动性，但在这之外，撰写诉状的花销等问题，可能需要外界帮助才能解决。

回到本案，首先长姑在诉状开头说自己已经十八岁了，其余内容与前文李玉亭所说比较一致：长姑已经由杨洪兴"主持"许配李玉亭，但是洪兴"昧绝天良"，一定要将长姑另行嫁卖。长姑于是托剃头铺的客人郑大顺（疑似是前文的"媒人"郑十八）告诉李玉亭，要李玉亭再给杨洪兴一些钱，自己才能嫁过去。

如果长姑所说是真，又或者长姑是自愿跟李玉亭离家——毕竟她明确地表达了嫁给李玉亭的倾向，那在现代社会，这种情况恐怕只能称为私奔或者离家出走。但是在十九世纪的巴县档案中，这样的情况毫无疑问会被冠以"拐逃"妇女的罪名。并且，《大清律例》也有关于"和诱"的规定，即使是妇女自己愿意被"诱拐"，"诱拐者"也同样是犯罪。这种传统与现代法律的差异背后当然是对妇女自由意志的不同认知，但即使在二十一世纪，一个十五岁或者十八岁的少女，到底有多大权利决定自己的未来也是一个可以讨论的问题。

值得注意的是，长姑和帮她起草这份诉状的人（讼师或者官代书）很可能意识到了一个未婚女孩告状的不合理之处，故而在结尾特地强调："今大顺喊控株女在案，女不露面陈情，将来皂白难分，只得据实禀恳。"不过，县令也并未对没有抱告的未婚女性进行什么特别的申斥，其批复仍然是程式化的"等待一同审讯"。

杨颜氏同样也提交了诉状，除了把第一回合的结果又说了一遍外，其结尾有一句"今长姑不守闺阁，罪有应得，法难宽宥"，大概指的就是长姑自己参与诉讼这件事。这种把自家孙女（侄女）说得罪大恶极的情况在诉状中很是罕见，不过确实表明，未婚女孩参与诉讼确实在当时的语境下颇有道德上的瑕疵。

但是本次诉讼的结果并没有因为少女的参与而改变。郑大顺的行为被定义为"从旁复行"控告，和第一回合的李玉亭一样，被判掌责。杨长姑由杨兴发领回。更为重要的是，县令特别规定，杨长姑嫁给谁都可以，就是不准嫁给李玉亭。

也就是说，虽然有未婚少女告状这一突发事件，但是第二回合的对抗结果并没有发生什么变化。长姑面临的是女性几乎最难的境况，自己未婚，无权无钱还有道德污点，女性通常最可依靠的娘家却完全站在自己的对立面，似乎只有疑似的未婚夫李玉亭算是自己的盟友。很不幸的是，即使长姑克服困难下决心在诉讼中叙说自己的苦难，却几乎是收获了最坏的结果。然而，长姑却没有放弃自己的诉讼之路。

第三回合：深渊与曙光

前文杨颜氏曾经提到，他们为长姑选定的未婚夫是李青田，二人还未成婚是因为李青田不在家。而在同治二年四月的一系列纠纷之后不久，七月，青田就和长姑成婚了。但显然新婚的二人生活并不平静，因为同治三年正月十四，连元宵节都没过，一群人又聚在了衙门打官司，本回合共有三份诉状。第一份来自李玉亭的母亲，寡妇彭越氏（李玉亭有时也称彭玉亭，故而他的母亲可称为彭氏）。其案由大约是结婚后李青田养活不了长姑（现在她是李杨氏或杨氏），就要求长姑卖身挣钱；之后青田把李玉亭骗去与长姑"奸宿"，李玉亭前后共花了三百多两银子。结果李青田仍然不满足，再次勒索李玉亭未遂后，找了一帮地痞殴伤了玉亭的"肾囊""腰脊"。

李青田明显不同意这个故事。在他的描述中，趁他不在家时，李玉亭不仅和长姑通奸，还再次拐走了长姑。而李青田回家后在"彭裁缝"处找到了奸夫淫妇，但李玉亭支使母亲到县衙诬告自己。

已经结婚的长姑也提交了自己的诉状和证据，这次她给自己找了抱告——自己的叔叔杨兴发（但从口供来看，杨兴发并不和她同一战线，而是与李青田立场一致）。她的故事与之前两者均有出入，或者说侧重点不同：首先，李青田无力养活长姑，逼其"作贱"，还想要嫁卖长姑，但是长姑不从。青田索要"赎身银两"，长姑跟亲戚"彭长发"（从姓氏判断，此人或许就是李玉亭，或是玉亭的亲属）借了五十两银子，由房主交给了青田，在街坊的见证下李青田给了离婚字据（案卷中留有这份证据）。离婚后长姑独自居住，但是青田不断来找麻烦，长姑不得不出外暂避，回来却看到青田把家具都搬空了。长姑的诉求也很明确，希望县令能让自己"另寻生路"。

县令似乎并未采纳离婚字据作为决定性证据，但是认定了青田逼长姑卖身。最后的结果是，李玉亭再次遭到了掌责，而长姑也因为"不守妇道"受到了掌责，并且由青田领回管束。这似乎对长姑极不公平，但是，县令同样命令青田不得再逼长姑作贱，如若再犯，长姑可以到衙门来与青田离婚。

在这个阶段，长姑的命运似乎已经到了悲惨的极致，丈夫逼迫自己卖身，甚至付出巨大代价离婚后又被迫回到丈夫身边，而丈夫仍然可以把离家的妻子称为被"拐逃"。在清代，在家庭经济状况陷入窘境时，由妻子长期或短期出卖身体养家并不罕见。若是短期，可能是丈夫做皮条客，给妻子拉客人；若是长期，则可能是招一个男人来家里共同生活，即一妻多夫，或者丈夫直接将妻子嫁卖。总之长姑的遭遇并非个例，她的经历是清代众多底层社会女性命运的写照。非要说她有什么幸运之处，就是疑似未婚夫大概一直在给她经济支持。但更重要的是，长姑自己有着坚韧不拔的信念：既然县令说李青田再次逼迫自己卖身就可以离婚，那么自己必然要抓住这个机会。

第四回合：希望这是终点

离婚，长姑只等了大概二十天，但最初的结果恐怕也不是她想要的。根据档案，同治三年二月初三，长姑和李青田就签了一份更加完善的离婚字据。但是诉讼并没有就此结束，二月初五，又有两份诉状摆上了巴县县令的案头。

第一份来自李青田，这次他说长姑"安于下贱，横不受教"，实在管不了长姑，并且长姑的娘家也不领回，故而青田要找媒人嫁卖长姑，希望能"存"案，防止日后长姑和其娘家找麻烦。但县令并不同意，仍然要求青田管束长姑，更不准随意嫁卖长姑。

第二份状子是名为陈泰顺的商人提交的。此前，李青田试图以身价银一百两、谢媒银三十两把长姑卖给陈泰顺为妾。陈泰顺清楚之前围绕长姑发生的一系列诉讼，认为单凭与李青田签订契约并不能保证自己的权益，因此希望在县衙存案为凭据，从而避免后续的问题。与在青田诉状上的批复一致，县令认为这是"买休卖休"，属于违法行为，并不同意他们这样做。

三月初四，长姑再次提交了一份诉状，内容是县令坚定地拒绝存案之后，陈泰顺大概觉得买长姑风险太大，决定把长姑退回娘家。而娘家贫穷，长姑无法一直待在家里，故而希望能让自己"另寻生路，终身有着"。而这一次，县令似乎完全支持了她的要求，"听其另字，免增白头之怨"。

从同治二年四月以来，长姑终于在诉讼中取得了一步踏实的胜利，但与长姑不睦已久的奶奶和叔叔并没有放过她。三月十六，杨颜氏又一次披挂上阵，这次她的重点在于之前的判决不许李玉亭和长姑来往，但李玉亭一直霸占着长姑。两天后，长姑反驳了这一说法，她说自己的叔叔杨洪兴"图利"，妄图嫁卖自己，而长姑自己已经找到了一户张姓人家，对方业已下聘。杨洪兴知道了之后就跟长姑索要银一百两、没有得逞，便以杨颜氏的名义到衙门告状。县令再次重申了自己的立场，并强调自己允许长姑"自行择嫁"，现在既然找了张姓人家就"听其另嫁"，不准再因此事"牵扯已结之案"。

案卷到此结束。对长姑而言，这一系列诉讼的结果大概是很理想的。她的目的——自主婚姻——在县令的支持下实现了。在今天，由自己做主跟谁结婚，对大部分人来说并不是奢望。然而，以上四个回合的斗争告诉我们，如果不是长姑在苦难的生活中咬紧牙关，在不利的判决后仍然坚持告状，她几乎没有可能实现这一"简单"的目标。然而另一方面，即使别的女性在十九世纪也有如此决绝的心态和手段，长姑的经历大概也不具备可复制性。一个重要的因素是，长姑似乎一直受到李玉亭或者某些（非娘家）亲属的资金支持，不然她很难支付诉讼和离婚所需的费用。更重要的是，县令为何会支持她自行选择结婚对象是个谜。对于纠缠于卖妻等案件的女子，其处理结果大概有回归娘家，由丈夫领回，官媒嫁卖甚至女子落发为尼，但县令允许女子自己寻找丈夫的情况仅此一例，在笔者和其他学者的研究中均未见到类似的判决。不知道县令是为长姑所感动，或者对这一家频繁的诉讼感到厌倦，又或者有什么其他的原因，总之，在极为偶然的情况下，县令做出了这一不太合理合法的决定：

毕竟"嫁娶皆由祖父母父母主婚"是明确写在《大清律例》中的。

但这个案例在很多方面也具有代表性，特别是本案中大部分时候，长姑、杨颜氏、李玉亭、李青田等各执一词，让我们没法简单归纳这个案子的本质是什么。李玉亭两次被控告拐走长姑，按照清代法律，他的行为似乎可以构成犯罪，但是站在今人的视角，他的行为大概与普遍认知和法律规定中的拐卖妇女有着显著区别。巴县档案中确实有很多按照今天的标准仍然构成拐卖妇女的恶劣罪行，但同时大量的"拐逃"犯罪都存在一个问题，即不管是写诉状的人，还是负责判案的县令，都不太区分女性按照自己的意愿出逃和被诱骗、强迫拐走的情况。拐卖人口固然是古老的罪恶，但法律的变革与社会认知的发展也促使我们思考个人意愿、家庭环境与法律规定之间的张力与互动。

1 本案相关档案见四川省档案馆藏清代《巴县档案》，档案号：6-26-07194，题名：太平坊民妇杨颜氏以刁拐氏孙女透卷衣饰逃匿等情告李二大爷。

2 《大清律例通考校注》，第 897 页。

3 《大清律例通考校注》，第 897 页。

4 吴佩林：《清代四川南部县民事诉讼中的妇女与抱告制度——以清代四川〈南部档案〉为中心》，《中国乡村研究》2010 年第 2 期。

清代巴县档案中的一起家暴案

辛佳颐

　　由于其隐蔽性与普遍性，家庭暴力自古以来就是难以根除的社会问题。在清代，针对妇女的家庭暴力很大程度上根本不被视为犯罪。按照《大清律例》的相关规定，"其夫殴妻，非折伤勿论，至折伤以上，减凡人二等（须妻自告乃坐）"，[1] 也就是说除非妻子被殴打至折伤以上，否则丈夫不用负任何责任。不仅是丈夫，丈夫的父母、祖父母殴打媳妇，同样是"折伤以下无论"。

　　或许正是因为遵循着与成文法律同样的逻辑，巴县档案中与妇女相关的诉讼案件将家庭暴力作为重点的并不多。在笔者研读过的六百余件案例中，大约有三十件提到了针对已婚妇女的家庭暴力。而在这为数不多的诉讼当中，对于家庭暴力的描述与书写也有一定的特征与套路：家庭暴力通常不会仅仅表现为夫妻二人之间的冲突，反而经常是姻亲双方家庭之间的对抗。本文要讨论的案例就是这样一起典型的"婆家 vs 娘家"的诉讼，以及在具体表现形式之外，双方之间频繁爆发的冲突中更深层次的社会经济原因。

缘由：难驯的儿媳与受伤的婆母

道光十八年（1838）闰四月十二，巴县居民张文伦把他的儿媳何姑、儿媳的父亲何伯元和兄弟何秀童告到了衙门。[2]原来，张文伦的儿子张光喜自幼凭媒说娶何伯元之女何姑，去年八月完婚，两家相隔大约五里。按照张文伦的说法，"何姑幼失教训，自适蚁门，性最刁傲，与子不睦，藉端闹酿，已非一次"。张文伦多次要求亲家何伯元管教女儿，但是何伯元反而纵容其女，"以致何姑愈为得势"。到了当年正月十八，何姑干脆私拿衣物逃回了娘家。张文伦找到乡邻评理，之后何伯元虽然把何姑送回了张家，但何姑仍然"不安于室"，还在闰四月初八日再次企图拿银饰和衣物逃走。张文伦的妻子张李氏试图阻拦何姑，却被儿媳妇推倒，"跌地挺伤腰脊"。虽然第二天何秀童又把何姑送回了家，却"恶言辱骂，痞骗行凶"。

张文伦的诉状结尾并没有说明他的诉求是什么，其重点可能是何姑导致婆母受伤，那么何姑应该受到极重的刑罚，如果把推到地上摔伤理解为殴伤，那么何姑甚至应该被判处斩刑（《大清律例》中规定"妻妾殴夫之祖父母父母者，皆斩"）。[3] 但张文伦似乎也没有这种企图，毕竟其诉状中说的是何姑推了婆母，而没有故意殴打的情节。并且根据后续验伤的结果，张李氏身上仅在右手肘处有一处擦伤，受伤并不严重。

这份诉状似乎只是描述了一名行为恶劣的儿媳妇，其中当然可能有谎言与夸大，但至少有一点真实性很高，即何姑的娘家与婆家仅仅相距五里，并且何姑与娘家的联系很紧密，仅在当年就已两次"逃"回娘家，这也可以与下文何家的诉状相印证。

反击：恶毒的婆家与被殴的女儿

同月二十五日，何伯元到衙门反过来状告了张文伦和张光喜。按照何伯元的描述，虽然何姑"素知妇道，敬孤顺夫无异"，但是光喜母子嫌何姑性格蠢钝，笨嘴拙舌，在当年正月十六和十九日两次殴打何姑，何伯元只能尽力劝说。但是光喜与其"庶母"张李氏（除了这份诉状，没有任何其他文件提到张李氏是妾）愈发猖狂，闰四月初六（按照前张文伦的说法，则是初八日）拿着洗衣木棒殴打何姑，何姑跑到田地里啼哭，张李氏又放纵光喜拳打何姑，导致何姑跌入邻居的田中。第二天何秀童把何姑送回了张家，当时并无"异言"。

何伯元的诉状中提供了大量的细节，比如女儿被打的时间与地点、使用的工具等，似乎更加可信。何伯元还试图说明，何姑当时赤手空拳，怎么能拿着银饰、衣物？又怎么殴打婆母？我们无法穿过近两百年的时光，去判断究竟是谁在说谎，又或者双方都只是说出了对自己有利的故事。虽然年轻的儿媳在大众认知中更有可能是家暴的受害者，但这无法作为张文伦在撒谎的证据，毕竟张李氏还是受了些擦伤的。

张李氏在以上两份诉状中，都扮演了极为重要的角色。被推倒地受伤的是她，嫌弃何姑笨嘴拙舌的是她，纵容甚至鼓动儿子殴打何姑的也是她。反倒是张文伦、何伯元在诉状中并未指出他曾参与虐待殴打何姑，可何伯元还是把张文伦列为被告之首，张李氏却不在被告之列。我们可以从两个层面分析张李氏的角色：第一是她作为婆婆与媳妇何姑之间的冲突，第二是女性被告在诉讼中的位置。我们能看到，在双方的叙述中，何姑与张李氏的冲突都是两家对簿公堂的直接原因。婆媳冲突向来是八点档电视剧热衷的话题，这些年大众也逐渐意识到婆媳问题的关键在其中的儿子或丈夫。在某种程度上，特别是在男性作为家庭主要劳动力的情况下，婆婆与媳妇是在争夺作为生活来源的儿子或丈夫。

更有意思的是，在张李氏如此"恶毒"的情况下，何伯元却没有把她列为被告，并且这是巴县档案中的常见现象。如果案件中作恶的女性并非寡妇，那么即使她在描述中被认为是元凶，诉状也倾向于把她的丈夫列为被告第一名，而把女性放在第二位甚至更后面。一方面，这可能是受到了儒家伦理的影响，在这种认知中，丈夫在家庭里承担着管束妻子的职责，如果妻子作恶，那么丈夫即使没有主动指使，也一定纵容了妻子。进一步来说，《大清律例》中甚至规定，"凡妇人犯罪，除犯奸及死罪收禁外，其余杂犯，责付本夫收管"，[4] 再加上即使女性被定罪，她们所受的刑罚在很大程度上可以以银钱赎罪。既然如此，不如直接把丈夫作为首要的被告。女性在诉讼中的重要性就这样不知不觉地降低了。

听审：夫妻不睦

本案拖到六月初一才开始听审，县衙门给的结论是"夫妻不睦"，不仅把此事归结为家务事，还忽略了其中的婆媳问题。具体来说，双方在口供中都承认，何姑在成亲之后还是经常回娘家，因此张李氏叱骂何姑，何姑顶嘴，张文伦一气之下就把何家告到了衙门。所有人，张文伦、张光喜父子、何伯元、何姑父女都做出了一致的供述。我们无法得知这是真相还是书吏加工的结果。总之，何姑虽然行为"不合"，但未受惩罚，还是跟随丈夫回家，并且双方"系属姻亲，不应参商"。

实际上，在笔者读过的所有跟家暴相关的案卷中，绝大多数都是妻了由丈夫领回家"管束"，要求夫妻和睦相处，正如本案中县令所做的决定。也并没有丈夫或者公婆因为虐待或殴打儿媳而被处罚，因此离婚的案例就更少看到了。唯一一例离婚成功的，似乎也不是家暴直接导致的：巴县居民涂心受长期不在家，归来不见了妻子涂颜氏，道光十三年（1833）五月二十日，涂心受好不容易找到了妻子，妻子却不愿跟他回家，故涂心受拿出贴身小刀威胁妻子，且此事由衙役当场发现。最终，在口供当中，涂心受和颜氏双方都表示"情愿"离婚。从保存的文件看，这是涂心受的意愿在离婚中起了主要作用，而不是家暴导致的结果。

再起："嫌贫退婚"

很明显，在本案中，双方没有听县令的训诫。第二年，也就是道光十九年（1839）四月，张文伦又把亲家告上了衙门。张文伦先说了上次打官司的结果，即要他带何姑回家管束，且"不许娘家往来"（这一条在现存的结案文书与其他文件中均没有体现）。然而，当年正月二十四，何伯元听说何姑与张李氏发生口角，就让何秀童等人把何姑接回了娘家。到了三月十八插秧，家里没人做饭，张文伦就让张光喜把何姑接回来。但是何伯元"挟忿嫌贫"，让何秀童拟好了退婚文书，命令张光喜照着写一遍。张光喜不同意，就跑回家告诉了张文伦。这一次并没有对方的诉状，县令也只重申上次的判决，让张文伦把何姑带回家管教，"勿庸别生讼端"。

不过这是一份在某种程度上很有代表性的诉状，特别是包含娘家因"嫌贫"而拆嫁这一典型的故事情节。一般来说，丈夫或者婆家的其他成员会在诉状中指控，娘家因为嫌贫，就教唆已经出嫁的女儿逃回娘家，企图拆婚另嫁。家庭经济条件一直以来都是影响婚姻的重要因素，古今中外，概莫能外。虽然这种指控真真假假，借一双慧眼也未必看得清，但嫌贫拆嫁的模式化书写确实反映出了丈夫与婆家的一种焦虑——担心失去好不容易娶进门的妻子，因为失去妻子不仅意味着丢面子，更意味着经济上的损失，并且这种经济损失可能超乎想象。

根据学者研究，导致"拆嫁"这种行为的产生，主要有以下三个社会经济因素：首先，溺杀女婴和社会上层的蓄妾行为，导致底层人民中的性别失衡与女性短缺。这个现象在巴县尤为严重，根据巴县档案中的一些数据，巴县的男女人口比平均是144∶100。这可能是由于巴县聚集了众多船工，但即便如此，也不得不说，这是一个极为夸张的数字。其次，家家户户都需要女性来生产子嗣，传承香火，男性还需要女性来解决性需求，在男性人口众多的巴县尤其如此，因此，当时普遍存在着买卖女性的市场。再次，彼时普通农民家庭日益贫困以及呈现出向社会更下层流动的趋势，娶妻会给家庭造成极大的经济负担。更不用说如果没有儿子，平白失去一个妻子后还想办法再娶。同时，对有女儿的人家而言，女儿出嫁拿到的彩礼钱则会是一笔重要的收入。

在这种情况下，对丈夫而言，娘家是他对妻子控制权的最大威胁，本案就是例证之一。现有的研究已经表明，越是底层家庭，其缔结婚姻的地理范围就越小，换句话说，出嫁的女儿能更方便地跑回娘家。不管是女儿在婆家受到了虐待而回家，还是娘家真的嫌贫爱富，企图把女儿再次出嫁获利，失去对妻子的控制于丈夫和婆家而言，都是经济上的极大损失。

缠讼：买休卖休与妻妾不和

档案中再次出现何家与张家的纠纷是在咸丰四年（1854），也就是第一份诉状的十六年之后。[5] 然而，这可能是因为中间有大量相关文件未被发现或已经散佚，双方之间的冲突应当是持续不断的。

按照张文伦的说法，道光三十年（1850），何伯元指使儿子何之田（大概率与前文的何秀童为同一人）以"恃宠夺毙"指控张家，但是当时县令并未审讯。之后何家父子勒索张文伦银钱后（且张文伦似乎给了何家钱），将何姑领回另嫁给一名叫寿极轩的人，张文伦对此毫不知情。咸丰三年（1853）腊月，何家又勒索张文伦银钱。咸丰四年正月，寿极轩和何家串通，以"串拐勒搕"为由再次状告张家。张文伦把这一切总结为"勒退于前，串害于后"。

之后档案中保留了寿极轩的儿子寿学文的一份诉状，其中提到寿极轩似乎曾经以"捉串勒搕"状告过张文伦一家，然后张光喜的小妾杨氏的兄弟杨里秀曾经在隔壁綦江县状告过寿家父子，但是这一切都说得不清不楚，没有发生冲突的起因和过程。

第三份诉状来自何明哲——何伯元的儿子（这可能是他在这一系列诉讼中的第三个名字了），在这份诉状中终于有了一点冲突的眉目。原来，道光二十三年（1843）张光喜买了杨氏为妾，并且纵容小妾"凌嫌"何姑。道光三十年，何姑生产，孩子却被杨氏害死，因此何伯元才以"恃宠夺毙"状告张家，但是张光喜躲到了綦江县，导致衙役没有找到他。咸丰元年（1851），何姑被张家"嫁送"给寿极轩，何伯元虽然知道但是没有计较。当年三月初九，何明哲的儿子何永璨在何姑家中玩耍，何姑带着侄子去张家讨要自己的嫁妆，杨氏却关上家门，用木棒把何姑和何永璨都打伤了。

案卷中保存的最后一份诉状是张光喜控诉对方（何明哲／何之田／何秀童）乃更名翻控，也就是换了个名字告状，似乎是因为之前何家希望县衙能够多传唤某（些）人，但被县令拒绝了，然后何秀童就换了个名字提交了上面这份诉状。县令对更名翻控一事相当不满，但并未给出任何实质性的处罚。整份案卷以何永璨的验伤报告结束，他身上确实有若干处伤痕。但是案卷中没有留下任何听审记录与口供证词，其实双方都不否认此时何姑已经是寿极轩的妻子，他们冲突的实质也不清楚。但从何家和张家锲而不舍的劲头来看，两家恐怕会不明不白地纠缠到天荒地老。

这一部分的故事千头万绪，不过争议点之一似乎是到底谁把何姑嫁给了寿极轩，如果这是张家的所作所为，这就是买休卖休，又叫嫁卖生妻，即"在没有正式履行离异手续的情况下，用钱财买求本夫，使之将妻嫁卖给别人为妻妾的行为"，按《大清律例》的规定，卖妻者、买妻者和妻子本人都需要被杖一百。[6] 如果是娘家把何姑嫁给了寿极轩，何姑与家人同样有犯罪的嫌疑。而这一切仍然是上一部分所说的逻辑，不论是婆家还是娘家，他们都能从何姑的再婚中获利。

另外，这份诉状中更加吸引眼球的可能是妻妾之争，特别是按照何家的说法，小妾害死了何姑的孩子，不由得让人想起某些宅斗小说中的情节。妾在巴县档案中并不是很常见，在笔者随机抽样研究的一千一百多名妇女中，大约有五十人是或者曾经是妾，而涉及妻妾不和的诉讼更少，只有七起。就本案而言，关于小妾杨氏的信息太少，但是她的存在确实表明，在一夫一妻多妾制的情况下，还有一种家庭暴力发生在妻妾之间。当然这其中几乎总是有丈夫的参与或者纵容，一些案例显示，尤其是在娶妾之后，丈夫可能开始或加重施行对妻子的暴力。

结　语

这是一件持续多年且各路状况纷繁复杂的诉讼，比如害死了正妻孩子的小妾鲜少被提及，比如作为主要过错方的妻子被隐藏在丈夫背后。这里我们只能试着从中提炼出一些关键因子。首先，本案中弥漫着一种焦虑与不安，婆家似乎十分害怕娘家夺回出嫁的女儿。这种焦虑感很有代表性，其背后原因是女性作为财产在家庭财政中有着重要的地位，在走投无路之时，妻子是可以出卖的，绝对不能在没有收益的情况下平白被他人夺走，娘家恰好最有可能威胁到"财产"安全。基于骨肉亲情，娘家当然会为女儿的身心健康与生活质量考虑，但恐怕他们也很难抵抗女儿出嫁可以带来经济收益这一诱惑。

更重要的是，本案显示出十九世纪的家庭暴力中某些复杂的面向。今天的家暴大多发生在夫妻之间，但是本案中夫妻、婆媳与妻妾之间都可能发生了肢体冲突与暴力行为。特别是婆媳之间可能会频繁发生冲突，这也是本案爆发的直接原因。与家暴有关的诉讼主体在清代也并不限于施暴者与受害者，本案中冲突的双方实际上是两个家庭。冲突之所以会以家庭为单位展开，部分原因是妇女在遭受暴力之时，她最可能求助的对象是娘家亲属，而又因为对妇女告状的诸多限制，娘家的父亲兄弟会代她出头告状，从而将双方家庭成员都牵扯进来。

此外，我们还在本案中听到了一种熟悉的声音，即家暴是家务事，是"夫妻不睦"。在清代，这种说法在很大程度上是符合法律规定的。从另一个角度出发，或许正是这种规定导致了很多人在近现代法律转型后，仍然对家暴采取漠视的态度。

1 《大清律例通考校注》，第 845 页。

2 相关档案见四川省档案馆藏清代《巴县档案》，档号：6-011-09209，题名：节十甲张文伦告何姑与蚁子不睦，屡私卷银物私逃。

3 《大清律例通考校注》，第 856 页。

4 《大清律例通考校注》，第 1112 页。

5 相关档案见四川省档案馆藏清代《巴县档案》，档号：6-020-05085，题名：节十甲张文伦以儿媳何氏不守妇道卷物私逃被蚁控告殊何氏之父挟忿串人诬控告等请诉寿极轩等案。

6 《大清律例通考校注》，第 955 页。

"满蒙联姻"的另一侧面

——额驸谋杀郡主案

王冕森

毒杀格格

乾隆三十五年（1770）十二月，諴亲王允祕面见乾隆帝，呈上一封书信。信是允祕的女儿"七格格"（以下简称为"格格"）寄来的，内容大概是说有人意图毒杀自己，请父亲为自己做主。[1]

乾隆帝读过信后，感觉事情蹊跷。原本，蒙古土默特部在清初分为东西两支，东土默特部（游牧于今辽宁省朝阳县一带）归顺清廷后一直没能与清皇室联姻。乾隆二十四年（1759），乾隆帝便把叔父允祕嫡出的七格格封为郡主，指婚给东土默特部贝子哈穆噶巴雅斯呼朗图的次子纳逊特古斯为妻。二人成婚至今已经有十一年，似乎没有听说他们关系破裂的事情。其次，清代蒙古各部有"年班"的制度，即每隔数年需入京朝觐一次。乾隆三十五年恰逢纳逊特古斯年班，他此时正在京城。乾隆帝由此推测，可能是纳逊特古斯家的奴仆想要毒杀格格，也就是典型的"奴杀主"案件。于是，乾隆帝一面仍令纳逊特古斯照常参加元旦的外藩筵宴，一面派出户部侍郎索琳、署理刑部侍郎的副都统博清额二人，由兼任理藩院额外侍郎的敖汉部镇国公罗布藏锡喇布带领（敖汉部与东土默特部相邻），前往东土默特部调查此案。

索琳一行抵达后即展开调查，得知事情的大概经过为：乾隆三十五年十一月二十六日早晨，格格起床后正在屋里梳头，格格孩子的奶妈赛哈赖拿着一盘饽饽（荞麦面皮猪肉馅儿，类似肉包子）进屋来，朝格格单膝跪下，说这饽饽是进献给格格享用的。格格看了一眼，让赛哈赖把饽饽放在炕桌上，便让她出去了。梳完头后，格格想尝尝饽饽，拿了一个掰开来，闻到有葱蒜的臭味，不想吃，于是就赏给屋里的五个丫鬟吃。五个丫鬟接过饽饽，朝格格磕头谢了恩，就分着把饽饽吃完了。到了中午，五个丫鬟都觉得肚子疼、浑身发麻、昏昏欲睡，先后晕死过去。格格见状，赶紧把纳逊特古斯家里的男管家积兰泰叫进来，问他怎么办。积兰泰观察了一下，发现五个丫鬟的指甲都黑了，应该是中了毒，于是用阿鲁拉（一种蒙古草药）和酸奶混在一起给她们灌下去。过了一段时间，五个丫鬟里的四个渐渐苏醒，只有一个叫赛罕赛的丫鬟没有醒来，一直昏睡，后来在十二月初二日咽了气。格格听说五个丫鬟都是中了毒，就猜到是赛哈赖送的饽饽有问题，派人把赛哈赖关起来审问，赛哈赖并未认罪。

或许是索琳一行觉得这个案子属于纳逊特古斯家的私事，抑或是为了尊重蒙古部长的"主人"身份，他们并没有直接审讯犯人，而是请纳逊特古斯的父亲哈穆噶巴雅斯呼朗图代为审讯。哈穆噶巴雅斯呼朗图先审讯了赛哈赖，赛哈赖一开始拒不认罪，后来供称，是因为自己不满意丈夫色旺扎布无能，就和一个外人通奸，为了避免夜长梦多，想毒死丈夫，但是不小心毒错了人，把有毒的饽饽进献给了格格。至于毒药，则是管家积兰泰给自己的。哈穆噶巴雅斯呼朗图又审讯积兰泰，积兰泰供称，毒药是自己去南山采药时候采到的，后来给了赛哈赖，也不知道她拿去做什么用了。

此时哈穆噶巴雅斯呼朗图已身患重病，精力不济，审讯本就潦草，而且，积兰泰是他的小舅子，颇受偏袒，没有深究其责任。至于纳逊特古斯，他在索琳等人到东土默特部之前就已从京城返回，由于案发时他正在京师，赛哈赖等人的口供又都没有涉及他，就没有审讯他。如此，在哈穆噶巴雅斯呼朗图的审理下，此案被认为是由于赛哈赖失误所致，也并无故意谋杀格格的确证。这样荒唐离谱的结论，竟然得到索琳等人的认可。他们以钦差大臣的身份将赛哈赖和积兰泰交给纳逊特古斯，令其看管起来，便收拾行囊启程回京，并将案情奏报给乾隆帝。

乾隆三十六年（1771）正月二十六日，乾隆帝收到索琳等人的奏报，览看之下，大为光火。他认为，即便哈穆噶巴雅斯呼朗图和纳逊特古斯没有参与此案，但下毒的赛哈赖是纳逊特古斯的奴仆，父子二人都属于被告之列，怎么能反向让哈穆噶巴雅斯呼朗图代为审理，还把赛哈赖等人交纳逊特古斯看管呢？而且，既然未能审明事情，就应该将犯人押解进京，怎么能把他们都留在本地，方便他们串供呢？于是，乾隆帝下旨痛斥索琳等人办案糊涂，要求他们立刻返回东土默特部，一方面护送格格及其子女回京，一方面将所有涉案人等及纳逊特古斯均押解进京。二十七日，已经行抵三河县的索琳和博清额接到旨意，惶恐之下，当日即折返东土默特部，在二月初六日抵达。博清额在初八日护送格格等人启程，索琳在初九日解带纳逊特古斯等人启程，哈穆噶巴雅斯呼朗图更是在惊惧之中病亡。

京审之下的实情

二月二十一日，犯案人等均被送至京师，当时乾隆帝已经启程巡幸山东，留下大学士尹继善领衔，会同刑部审理此案。尹继善等官员在当日便组织审讯，严审之下，首先翻供的是赛哈赖。据赛哈赖说，格格性格不好，很自以为是，看不起纳逊特古斯家里上下人等，所以奴仆们都恨格格。纳逊特古斯跟格格的关系也逐渐疏远，两人都声称身体不好，已经分居三四年了，格格住在里院的正房（北房），纳逊特古斯则住在外院的厢房。而且，纳逊特古斯身边都改让小厮伺候，格格更是对此不满。按照制度，乾隆三十六年是格格例应回京省亲的年份，格格便放出话去，说自己下嫁到东土默特部，却被这样轻视，等自己回京一定向父亲和皇帝告状，让他们给自己做主。赛哈赖害怕皇帝会责罚东土默特部，于是就谋划把格格毒死。

赛哈赖的供词前言不搭后语，又缺乏逻辑关系，难以让尹继善等官员信服。而赛哈赖之前的口供中提到纳逊特古斯家后山庙里有个名叫巴尔丹格隆的喇嘛，此人经常给纳逊特古斯和格格治病。虽然赛哈赖只是略微提到他，但言词颇为闪烁，引起了尹继善等官员的注意，于是接下来，巴尔丹格隆也接受了审讯。巴尔丹格隆供称，自己原本是赛哈赖的家奴，后来出家当了喇嘛。因为自己有些医药知识，经常去给纳逊特古斯家里的人看病，跟格格也熟悉。赛哈赖和自己通奸已经一年多，她给格格下毒，毒药就是自己给她的。巴尔丹格隆的供词明显与之前赛哈赖和积兰泰的第一次供词矛盾，尹继善等官员便重新审讯三人，并让他们互相对质，终于得出实情。

原来，乾隆三十五年夏季，纳逊特古斯准备进京之前，曾将积兰泰、赛哈赖、巴尔丹格隆三人叫到屋里。前文已述，积兰泰是纳逊特古斯的舅父、家里的管家，赛哈赖是纳逊特古斯儿子的乳母，巴尔丹格隆是赛哈赖的姘头。纳逊特古斯对他们说，自己和格格积怨已深，明年格格即将进京，为防格格向她父亲和皇帝告状，不如把她毒死，就在自己进京后下手。于是纳逊特古斯让巴尔丹格隆配制毒药，交给积兰泰和赛哈赖去下毒。巴尔丹格隆知道巴豆和川乌可以治病，但都有大毒，所以用一撮巴豆和四个川乌混在一起，磨成沫子，交给积兰泰。积兰泰是男管家，一般不能进里院，于是把毒药给了赛哈赖，赛哈赖就把毒药下在饽饽里进献给格格。本来赛哈赖还想把毒饽饽给格格的子女吃，但格格的子女都住在里院西厢房，并且当时格格的女儿生病要忌门（满蒙的一种习俗，不能让他人进屋，类似隔离养病），所以没能得逞。后来丫鬟们吃饽饽中了毒，格格叫积兰泰进里院去。积兰泰见状，知道是赛哈赖毒错了人，救治完丫鬟们从里院出来就埋怨赛哈赖。不久，纳逊特古斯回到东土默特部，嘱咐积兰泰三人，钦差大臣即日将到，让他们想办法搪塞过去，因此三人都对钦差撒了谎。

事情查明之后，尹继善等官员急忙奏报给乾隆帝。乾隆帝览奏后，认为这是一件"奇事"。乾隆帝钦定案件时，经常喜欢探究案件背后的人际关系、环境状态，类似今天的"作案动机"。因此，他提出了自己关心的几个问题，归纳起来就是两点：第一，格格身边一共有五个丫鬟，这五个丫鬟里，据说只有一个名叫桂格的丫鬟是从京师王府派去的，其他丫鬟都是纳逊特古斯家的奴仆。按说格格作为亲王的女儿，一定有很多陪嫁丫鬟，怎么只剩了一个桂格呢？第二，口供都说纳逊特古斯和格格不合，到底是因为什么才不合的？只是关系不好，就非要毒杀格格不可吗？

尹继善等官员接到乾隆帝的询问，就此追问纳逊特古斯和格格，大概得出以下信息：纳逊特古斯和格格成亲之后，一开始关系还算和睦，先后生下一子一女，但是二人的性格都存在问题。纳逊特古斯放荡不羁，性喜游荡，天天饮酒作乐。格格任性乖张，说话放肆，自恃郡主身份，看不起纳逊特古斯一家人，不孝敬公婆，也不侍奉丈夫。纳逊特古斯便和格格逐渐疏远，想要休妻，却忌惮格格的皇室身份，只能勉强维持。四年前，纳逊特古斯到京城，在庆乐园看戏时认识了大成班唱小旦的戏子添宝。纳逊特古斯很喜欢添宝，就与他结识，还曾让他去自己的住处，赏给他银子、荷包等物品。后来纳逊特古斯回东土默特部，就带了添宝一起回去。有一天，纳逊特古斯看添宝戴着一个金镯子，就把自己手边的金镯子赏给他，让他配成一对。而纳逊特古斯这个金镯子原是格格的，格格知道后就与纳逊特古斯吵闹。第二天，纳逊特古斯将金镯子拿了回来，但他和格格的关系也正式破裂，自己搬到外院居住。

此后，纳逊特古斯偶尔进内院，到正房跟格格说话，但只是随便说几句话就离开，二人的关系十分冷淡。格格当年下嫁的时候陪嫁有六个丫鬟、三个太监、两个老妈妈。后来六个丫鬟年纪都大了，嫁了当地的蒙古人。格格原本想着，丫鬟们就算结婚了也可以来侍奉，后来才知道蒙古人散居各处，各自相距颇远，不可能再进府当差。三个太监病死一个，回京两个。目前身边的娘家奴仆只有一个新派来的丫鬟桂格、一个新派来的太监，还有两个负责带孩子的老妈妈。格格还嫌弃桂格蠢笨，不让她贴身伺候，而让她去伺候自己的子女。只不过案发时格格子女屋里正好忌门，桂格才在格格身边。由于纳逊特古斯和格格关系破裂，格格身边又没有得力的娘家奴仆，因此纳逊特古斯家里的奴仆也对格格很不好，每天送进来的饭菜都很一般，甚至有的难以下咽，连管家积兰泰也总是拒绝给格格她想要的东西。格格原本每年有一百五十两银子的俸禄，但这些钱都被纳逊特古斯领来后拿去花天酒地了，格格每年只有京钱三百三十吊作为全年的开销，过得十分拮据。另一方面，纳逊特古斯对格格不好是事实，但格格也比较浮躁，天天对奴仆说自己要回京告状报复他们，这也加剧了纳逊特古斯和府内奴仆的杀意。

三月初四日，尹继善等官员为此案拟定罪名，他们主要依据《大清律例》里的三条，第一是"用毒药杀人者斩监候"。[2] 第二条是"凡谋杀祖父母、父母……已行（不问已伤、未伤）者，（预谋之子孙，不分首、从）皆斩；已杀者，凌迟处死"。"若奴婢及雇工人谋杀家长……罪与子孙同。"[3] 第三条是"夫故杀妻绞监候"。这三条其实都跟当时的法律秩序有关。清代法律强调血缘和身份的高低，家庭成员需要区分尊卑长幼，服役人员需要划清主仆之分。在此背景下，"尊"或"主"冒犯"卑"或"奴"可以减轻罪责，反之，"卑"或"奴"冒犯"尊"或"主"则需要加重罪责。此案中，夫尊妻卑，因此夫杀妻即便是故意谋杀，也要比一般的谋杀降一等，而奴婢杀主人则要加重。

尹继善等官员认为，纳逊特古斯和积兰泰等人谋杀格格，虽然毒错了人，只毒死了丫鬟赛罕寨，但他们本身是想毒死格格，那么无论结果如何，判决是一样的。因此拟定，纳逊特古斯受皇帝指婚，却行此阴险狠毒之事，大为悖恩，应斩立决；积兰泰、赛哈赖、巴尔丹格隆是纳逊特古斯的部民和奴仆，格格是纳逊特古斯的嫡妻，自然就是他们的主母，奴仆谋杀主母应凌迟处死；赛哈赖的丈夫色旺扎布事先没有发现逆谋，但他的女儿曾告诉他赛哈赖往饽饽里放了某种药物，他却没有在意，因此也有罪，应发配到伊犁给披甲人为奴；另外，戏子添宝竟然敢勾引蒙古额驸，也应发配到伊犁给披甲人为奴。

牵连案件的浮现与结局

然而，尹继善等官员将拟定罪名上报后，却得到乾隆帝意想不到的批复。原来，前次询问作案动机之后不久，乾隆帝正好召见了色布腾巴勒珠尔和扎拉丰阿。色布腾巴勒珠尔是蒙古科尔沁部的亲王，也是乾隆帝的女婿，扎拉丰阿则是蒙古喀喇沁部的贝子。乾隆帝和他们谈到这个案子，色、扎二人对乾隆帝说，去年秋季，纳逊特古斯跟他的亲哥哥吹扎布一起进京，后来吹扎布突然患上重病，奏报上来，因此没有参加年节朝觐就提前回东土默特部了。当时蒙古王公群体内流传一种说法，就是纳逊特古斯给吹扎布下了毒，差点将吹扎布毒死。现在听到这个案子，觉出两件事情可能有所关联。乾隆帝听闻，立即降旨给尹继善，让他彻查此事。

于是，尹继善等官员又开始审理纳逊特古斯毒害吹扎布一案，最后在三月二十三日审完。案件的大致情况是：纳逊特古斯性喜游荡，哥哥吹扎布经常管教他，并请父亲责打他，所以纳逊特古斯便记恨在心。乾隆三十五年六月，二人一起上京前，纳逊特古斯提前让巴尔丹格隆配制毒药，然后在京城时，让管理厨房的侍卫敏集特多尔济下毒。八月初八日吹扎布中毒，浑身发热，连小便都是黑色的，在京师未能治好，只能奏明朝廷后提前返回东土默特部，后来被当地一个叫博巴特的喇嘛治好了。吹扎布身边的人都觉得是纳逊特古斯下的毒，但吹扎布觉得这是家丑，自己又没被毒死，所以没有声张出去，也没有追究纳逊特古斯。

前面讲过，清代法律的定罪会参考人物的尊卑关系，纳逊特古斯毒杀格格是夫杀妻，夫尊妻卑，属于以尊长欺压卑弱，只能判绞监候之罪。而吹扎布是纳逊特古斯的胞兄，兄尊弟卑，纳逊特古斯谋杀吹扎布就是以卑弱欺压尊长，属于悖伦大罪。根据《大清律例》，谋杀期亲尊长，"已行（不问已伤、未伤）者，（预谋之子孙，不分首、从）皆斩；已杀者，凌迟处死"。[4] 尹继善等官员认为纳逊特古斯已经下毒，吹扎布也确实中毒，只不过没能毒死，应按照"已杀"定拟，故应凌迟处死。

实际上，纳逊特古斯毒害格格和吹扎布两个案件，都与袭爵有关。一方面，纳逊特古斯是哈穆噶巴雅斯呼朗图的次子，当时哈穆噶巴雅斯呼朗图病重，吹扎布是理论上的第一继承人。纳逊特古斯将吹扎布毒死，自己作为次子，大概率就可以承袭爵位。另一方面，纳逊特古斯对格格不好，若格格进京向宫中告状，朝廷责怪下来，也不利于自己袭爵，遂一并毒死。最终，乾隆帝判决，纳逊特古斯加恩免于凌迟处死，改为斩立决；积兰泰、赛哈赖、巴尔丹格隆凌迟处死；色旺扎布、添宝发配伊犁给披甲人为奴；敏集特多尔济已经逃跑，待抓捕归案后也凌迟处死。

至于格格，乾隆帝对她也持批评态度。此案结案一个月后，乾隆帝下旨给允祕说，如果格格恪守妇道，孝顺公婆，顺从丈夫，那么就不会和纳逊特古斯结仇，纳逊特古斯自然也就不会毒杀格格。从这个角度来说，格格也是有过错的。因此，乾隆帝认为，格格原本应得的俸禄和官方待遇应全部停止发放，只保留郡主的空衔，格格本人和她的子女一起交给允祕抚养。旨意中还专门指出，纳逊特古斯作为败坏伦理之人，他的儿子成年后也不能再封为台吉，只能编入允祕所领有的蒙古佐领之下作为另户旗人，而非蒙古盟旗之人。不过，五年之后，格格的儿子成年，乾隆帝违背了之前的旨意，还是赏给了他二等台吉的虚衔。后来格格就在京师度过余生，她的后代也留在了京师。

案件背后的政治与社会

在审理此案的过程中，乾隆帝的态度尤其引人注意。一开始的索琳等人，或许的确有息事宁人的想法，查办此案颇为草率，妄图含糊结案，乾隆帝则严加训诫，多次强调"人命至重""岂可使案情介于疑似"。无论乾隆帝此举是否旨在塑造自己的政治形象，都同时表达了他秉公无私的法治思维。然而，乾隆帝最早怀疑是奴仆想要谋杀格格，之后证据逐渐指向纳逊特古斯，他仍旧意图为纳逊特古斯开脱，认为可能是办案人员照顾格格的颜面而故意栽赃纳逊特古斯。即便最后证据确凿，纳逊特古斯已经认罪，他仍旧不愿意让纳逊特古斯以谋杀格格的罪名定罪，而是更愿意以谋杀胞兄的罪名来处分纳逊特古斯。乾隆帝的这一态度，其实是典型的政治思维。清代蒙古各部属于外藩，而满蒙联姻更属国策，作为清廷的统治者，乾隆帝认为，如果自己过于强调纳逊特古斯谋杀格格的行为，可能会落下偏袒皇室格格的恶评，致使蒙古各部人心不服。而纳逊特古斯谋杀胞兄一事完全与清廷无关，清廷不过秉公办理，处分纳逊特古斯更加名正言顺，蒙古各部亦当心服口服。

通过纳逊特古斯谋杀郡主案，不仅可以了解案件本身的审理过程、乾隆帝的处理态度，还可以了解纳逊特古斯和格格具体的生活细节，从而观察当时的社会风俗，认识满蒙联姻这一清代国策的另一侧面。其中颇可玩味的有两点。第一，清代贵族女性出嫁，除陪嫁财物外，大多还要陪嫁奴仆。这些奴仆作为女性从娘家带来之人，是女性的"自己人"，在生活中尤其重要。纳逊特古斯敢于谋害格格的一个重要理由，就是看格格从娘家带来的奴仆已经数量不多，且老少不堪。第二，在外人的想象中，皇室格格下嫁，本身就代表了宫廷的权威，一定会得到宫廷的支持，难免在丈夫家作威作福。本案中的格格也的确在纳逊特古斯家颇为任性，即便是案发之后，她还堂而皇之地对尹继善等官员说："我是亲王的女儿，让我给纳逊特古斯端茶倒水，我是做不来这种事的！"然而，乾隆帝跟尹继善讨论案情的时候曾专门强调，"格格与纳逊特古斯不和睦，允祕应该早就知道了。就算格格之后进京当面哭诉，允祕又能把纳逊特古斯怎么样呢？"言下之意，无论是允祕还是乾隆帝，恐怕都不会过度偏向格格，只因生活上的矛盾就责罚或降罪于额驸。总之，这件罕见的蒙古额驸毒杀郡主案，可以让今人更好地了解清代满蒙联姻政策下满蒙贵族的生活状态。

1　本案相关档案见《清高宗纯皇帝实录》。

中国第一历史档案馆藏全宗满文录副奏折如下：档号：03-
0184-2401-016，题名：奏遵旨返回土默特办理纳逊特古斯谋毒其妻
一案折，乾隆三十六年正月二十七日；档号：03-0184-2404-005，
题名：奏报将格格纳逊特古斯及案件有关之人押赴京城折，乾隆
三十六年二月初八日；档号：03-0184-2405-003.1，题名：奏纳逊
特古斯用药毒害格格一案钦命伊参予审办而谢恩折，乾隆三十六年
二月二十四日；档号：03-0184-2406-010，题名：奏报审拟土默特
赛哈赖等谋毒格格致死使女一案折，乾隆三十六年三月二十三日；
档号：03-0184-2406-012，题名：奏审拟额驸纳逊特古斯谋毒伊兄
一案折，乾隆三十六年三月二十三日。

中国第一历史档案馆藏全宗满文上谕档如下：档号：03-18-
009-000133-0005，题名：尚书福隆安为著迎接伊女和硕格格及其
子女回府事寄信诚亲王允祕，乾隆三十六年三月初六日；档号：03-
18-009-000038-0001，题名：为额驸纳逊特古斯谋毒格格已被正法
格格亦有罪著住俸交诚亲王教养事，乾隆三十六年四月初四日；档
号：03-18-009-000041-0002，题名：为蒙古衙门奏纳逊特古斯之子
著加恩给予二等台吉事，乾隆四十一年七月初九日。

"国立"故宫博物院藏军机处档折件如下：乾隆三十六年二月
二十四日，档号：故机013607，题名：审办土默特案，乾隆三十六
年二月二十四日；档号：故机013649，题名：查讯土默特案人员之
纳木雅供单，乾隆三十六年二月二十七日；档号：故机013650，题
名：查讯土默特案人员之积兰泰供单，乾隆三十六年二月二十七
日；档号：故机013651，题名：查讯土默特案人员之格格供单，乾
隆三十六年二月二十七日；档号：故机013653，题名：查讯土默特
案人员之巴尔丹格隆供单，乾隆三十六年二月二十七日；档号：故
机013811，题名：奏为审拟土默特赛哈赖等谋毒格格致死使女赛罕
赛一案，乾隆三十六年三月初四日；档号：故机013813，题名：奏
为遵旨审办土默特一案，乾隆三十六年三月初四日；故机
013741，题名：奏为奉谕旨研讯谋毒吹扎布一节定罪缘由，乾隆
三十六年三月初七日；档号：故机013758，题名：奏为遵旨审办
纳逊特古斯谋毒吹扎布一案现在审出实情缘由，乾隆三十六年三月

十一日：档号：故机 016945，题名：纳逊特古斯等供词，乾隆朝；

档号：故机 010577，题名：太监刘进玉供单，乾隆朝。

2 《大清律例通考校注》，第 793 页。

3 《大清律例通考校注》，第 777 页。

4 《大清律例通考校注》，第 777 页。

元朝失林婚外恋案

陈佳臻

有女名失林

黑水城，一座被风沙掩埋之城。千年之前这里还是一个绿洲城市，在这个丝路中转要地，曾发生了一桩情节跌宕起伏的婚外恋案。

故事的女主角叫失林，案发时年仅二十四岁。[1] 失林是大都人氏，似乎姓张，从破碎的残存文书看，张二似乎是她父亲的名字，母亲名为春花，但失林的所有档案中都没有称自己为张失林。失林的名字，据说是常见的波斯名"Shīrīn"的音译，但考虑到失林生活的年代已经是元朝接近撤离中原的至正二十二年（1362），因此很难从名字判断出失林到底属于色目人还是汉人，抑或为色目人、汉人的混血后代。这一点，也许对别人来说并不重要，但在接下来失林要面对的指控中却极为重要。

失林虽然是京籍人氏，但这层"根脚"身份显然没能给她带来更多利益。她的家境比较贫困，她的父母在媒人倒剌大姐的撮合下，将她"过继"给一个回回商人脱黑帖木作为养女，虽然美其名曰过继，实际上就是把失林卖给了这个回回商人。

脱黑帖木出现在大都，是因为做生意。他似乎奔波于丝绸之路上，正打算将大都的物货分做两批，一批运送到岭北行省，另一批则继续跟着他回到西域。至于他为什么要收养失林，我们已经无从得知，或许是因为这名在丝路上纵横捭阖的商人需要一个能够用心服侍他、替他打理家业的人。

失林并非好的人选。对于父母的选择，失林并无抗争的权力，但在内心深处，她对自己被贩卖给丝路商人做养女的事情是抗拒的。因此，尽管她与脱黑帖木一路来到了黑水城，但此后她拒绝继续与脱黑帖木向西远行。按照她的供词所称，一路上她非常害怕脱黑帖木压良为驱，把这位养女彻底变成自己的奴婢。如果继续往西行，就会离开元朝实际控制的领土，元朝的法律无法再为她提供任何保护。

商人觉得自己的时间是宝贵的，脱黑帖木甚至不愿多花一秒去哄哄这个养女。他决定就地卖掉这位买来的养女，以最大限度收回自己的本金。这时候，阿兀出现了。阿兀是黑水城原住民，三十岁，是个虔诚的答失蛮（穆斯林），归当地礼拜寺奥丁哈的大师管辖。阿兀也是商人，与脱黑帖木一样，有时候会往岭北行省或西域倒卖物货。户计上，阿兀属于纳包银户，因此他拥有娶妾以及豢养驱奴的能力。阿兀已经有妻室了，但他依然决定从脱黑帖木手中购买失林，求娶为妾。于是，阿兀写立了婚书，从脱黑帖木手中接走了失林。

风起黑水城

闫从亮如果没有来到黑水城，失林可能也就跟着阿兀安安稳稳地过下去了，尽管她的内心可能还有些许不甘，因为阿兀经常打骂他。闫从亮虽然是军户，理应按其户计属性服兵役，但他选择当逃兵。为了躲避战乱，他逃到黑水城成为流民。应知失林案发生时，各地红巾起义此起彼伏，中原大地已经是"卷起农奴戟"的星火燎原之势。闫从亮原来住在陕西巩昌，至正十九年（1359）时，红巾军攻破了巩昌城，闫从亮被迫逃亡。他先一路北上逃到甘州，随后又于至正二十一年（1361）逃到了黑水城。

留意过元朝普通人姓名的人应该能意识到，闫从亮的原生家境应该尚可。在《元典章》大量的案例中，普通人的姓名要么是阿猫、阿狗、驴儿等花名，要么是千三、小六、十一等序齿代称，要么是歪头等暗示某些身体特征的损称，鲜有像样的名字，闫从亮显然不属于上述情况。黑水城与内地州府不同，地处西北，早期作为西夏的军事重镇，到了元朝则成为丝绸之路上的一座商业城市。闫从亮离井原生家境，逃到黑水城后，生活似乎相对拮据。在认识失林前的近两年的时间里，闫从亮一直跟随城里人沈坊正制作油皮鞯度日。

某天，闫从亮正在沈坊正房顶晾晒油皮鞯时，有不认识的人跑来请闫从亮去阿兀家帮忙从井里打水。就这样，闫从亮认识了失林。自此之后，闫从亮经常去阿兀家帮忙打水，时常与失林相见说话，终于干柴烈火地好上了。

一来二去，失林萌生了跟阿兀离婚，嫁给闫从亮的想法。但她心里很清楚，阿兀娶她为妾，怎么可能轻易将她放走？于是她就开始与闫从亮合计，想要找出一个可以长相厮守的办法。对于闫从亮来说，带着失林私奔，实际上未尝不是一个好办法。因为当时天下大乱，闫从亮如果带着失林逃到红巾军，甚至逃到朱元璋的地盘，元朝的亦集乃路总管府就无法对他实施法律上的"长臂管辖"。

但闫从亮没有这么做。作为一个极具"契约精神"的人，闫从亮坚持要在元朝的法律框架内做文章。很快，他就打起了失林婚书的主意。元朝法律规定，凡结婚，不管是娶妻还是娶妾，都需要写立婚书作为结婚证明，婚书的内容必须包括男女双方家境、身份以及许诺的聘财、嫁妆，约定的婚期等内容，不得使用朦胧语句搪塞，且须由男女双方家长、媒人、担保牙人签字画押确认。为了防止伪造婚书，元朝还要求应在婚书背面中间写下"合同"二字，然后将婚书分为两半，男女双方各收执一份，作为日后不履行婚约的告官凭证。[2] 今天契约多称为"合同"，或许就是从这个时期慢慢演化而来。

于是，在一次约会中，闫从亮撺掇失林趁着阿兀不在家的时候，将婚书搜出来付之一炬。失林听进去了，恰好这段时间阿兀到岭北去做生意，不在家，失林得以在家好好搜检她的婚书。但失林不认字，只能按照闫从亮所描述的婚书的样子搜寻，最后从阿兀的红匣子中找到了三份疑似婚书的契约。

失林将这些契约带给了闫从亮，嘱咐他辨认一下哪一份才是她的婚书。闫从亮可能有一些文化，能够辨认出这些契约是汉文的契约，但具体写什么，他似乎也看不懂。这时，邻居徐明善正好路过礼拜寺，闫从亮便请他帮忙辨认这几份契约。徐明善是读书人，一下就指认出失林的婚书，另外两份则分别是阿兀购买两个驱奴木八刺和倒刺的契约。

闫从亮又跑到史外郎家里，谎称自己在东关捡柴时捡到了这几份契约，请史外郎辨认一下文字上写的是什么内容。史外郎的原名叫史帖木儿，僧人户计，称他"外郎"，大概是因为他在当地亦集乃路总管府做员外郎的官。史外郎毕竟是官员，文书经验丰富，他一眼就看出了这些被"丢弃"的契约不是废纸，而是阿兀的贵重信物。史大官人看完后跟闫从亮说，其中一份是阿兀购买驱妇倒刺和驱奴答孩的契约，另一份则是失林的婚书。他嘱咐闫从亮，要随时将文书带在身上，不能毁弃，假如阿兀来找，要及时还给失主。彼时他丝毫没有意识到，贼喊捉贼的正是闫从亮。

经由徐明善和史外郎确认无误后，闫从亮很高兴，回去就与失林谋划，打算第二天找个机会把失林的婚书烧毁。但失林已经等不到第二天，两人于当天傍晚上灯时分，在闫从亮家借机用灶窟将其中失林的婚书焚毁。剩下的两份契约则重新交由失林收回。

闫从亮的思路是，只要没了婚书，阿兀与失林的婚姻关系就处于可争议状态。根据《元典章》中婚姻断例的记载，元朝官方曾规定，如果没有婚书，或婚书中用词朦胧，没有在婚书背面写下"合同"等字，争告到官时，官府将视之为"假伪"，婚姻效力很可能据此宣布无效。看得出来，闫从亮是"懂法"的，他想利用这一点消除阿兀与失林婚姻关系最强有力的证据。烧毁婚书后，闫从亮嘱咐失林在一两天后去官府告冤，称被阿兀强娶为妾，婚后阿兀更是压良为驱，要把这个娶回家的妾迫害成贱民身份的驱奴。这样，根据以往的司法经验，官府大概率就会断令阿兀与失林离异或者婚姻无效，并要求阿兀放良。一旦这些都得到实现，闫从亮即决定"做宴会"明媒正娶失林，"永远做夫妻"。

半路生变故

史外郎不是"屎壳郎"，但对于闫从亮来说，他是根妥妥的"搅屎棍"。如果不是他的"告密"，上述闫从亮的"奸计"可能就得逞了。史外郎大概与阿兀是有交情的，毕竟对于本地有头有脸的商人，地方官员应该多少有些来往。阿兀什么时候从岭北回来已经难以知晓，但应在案发前后，他就已经回到黑水城了。大概在替闫从亮辨认文书后不久（供词上写闫从亮是十一月二十七日烧毁文书，史外郎在二十九日就见到了阿兀），史外郎就在街上碰到了正在忙活的阿兀（可能是有意去找阿兀）。史外郎告知阿兀，自己刚刚从闫从亮那里看到了几份契约，上面有阿兀的名字，为此他建议阿兀赶紧回家查看一下自己的契约是否真的丢失。

因为史外郎的出现，真相就此浮出水面。阿兀回到家，果然发现自己红匣子里的契约都不见了。阿兀开始在家里盘查，最终将作案嫌疑锁定在了失林身上。考虑到阿兀经常在家打骂失林，不排除他用家暴手段从失林嘴里套出缘由的可能。总之，从供词上看，失林最后承认了是她将三份文书拿给闫从亮看，最后闫从亮退回了其中两份，插放在铺盖中。阿兀不但从失林嘴里获得口供，而且还从邻居徐明善那里得到证实。徐明善供出了闫从亮，阿兀又顺藤摸瓜从失林嘴里得知了她和闫从亮的计谋。

于是，阿兀决定到亦集乃路总管府起诉失林和闫从亮。官府迅速开审此案，所有的词状都在十二月内完成具结。现存词状虽然残缺不全，但阿兀、闫从亮、徐明善、失林、史外郎的词状都多少得到保留。阿兀是告状人，他在词状中写明了史外郎向他告知失林与闫从亮偷递婚书一事，请求总府予以主持公道，并列明失林和闫从亮为共同被告人，以史外郎和徐明善为证人。

确认了阿兀的诉讼请求后，亦集乃路总管府即派祗候李哈剌章带人去将被告人及证人徐明善押到官府。差去公干的李哈剌章，在案件审理过程中属于承管人角色，负责案件具体操办事宜，包括即时约束好原告、被告、证人等，确保整个诉讼流程畅通。承管人在承办案件之前，需要订立承管状，保证完成承办案件。

作为犯罪嫌疑人，闫从亮采取锁收收监，即在监狱中需要佩戴枷锁。失林是女子，根据元朝法律规定可以免去枷锁散收。史外郎虽为证人，但本人是朝廷命官，所以不适用根勾羁押证人的制度。这里有必要补充说明一下元朝的狱政。元朝的监狱并非服刑场所，监狱中既关押未审决的犯罪嫌疑人，也关押着已决但未行刑的犯人（如已判死刑，正等候秋后问斩的死刑犯），还会羁押证人及其他关键涉案人物。根勾羁押证人的做法在今天听起来似乎有些荒谬，但那主要是对古代证人传唤能力不足的技术补充手段。试想，在通信技术和交通水平较为低下的古代，如果不提前将证人羁押在府署，那么很可能会出现需要请证人出庭作证时，官府到处联系不上证人，或因证人居住地远离府衙，传唤周期过长等尴尬情形，甚至不排除散居在外的证人与涉事人串供等，因此证人必须提前到署，住进监狱中。

同样身为证人，史外郎的证词相对简单，这不仅是因为他无法对案件深层部分做过多证明，也因为他的官员身份，本路总管府审案的法官不可能过度地去讯问他。徐明善则不同，尽管从证词残片看到，他的证词与其他人的说法一致，但为了防止他像电影《九品芝麻官》中目不识丁的阿福那样有作弊之嫌，阿兀还是亲手拿着一张汉文文书让他当庭识读，以证实徐明善确实有能力读懂汉文。

最终，失林对案情供认不讳。作为整个事件中最弱势、最没有权利处分自我的失林，她能做的也只有承认。但失林的判词显示，这个弱女子仍然在做最后一搏。在供词中，失林顺着压良为驱的思路，强调阿兀试图将本为良民的失林转卖为低贱的驱妇，理由是阿兀认为失林系汉人，"怎能与我作伴？"据此，失林获得了一种抗辩的理由，即根据伊斯兰教义，阿兀不得娶异教徒或不尊重其俗的女子为妾。如果这一说法成立，那么失林的婚姻就可以被认为自始至终是无效的。

从逻辑上讲，失林的抗辩极为高明。根据元朝中书省在至元八年（1271）制定的婚礼规则，如果是同"类"人之间出现婚姻纠纷，则各依其"类"的本俗法来处置。如非同"类"，则以男家为主。现在，阿兀是回回人，失林是汉人，属于非同"类"的情形，则其婚姻纠纷，要以阿兀的本俗法作为准据。阿兀的本俗法，至少在原则上是不允许他与非答失蛮结婚的。

无奈的结局

从最后的判决结果看，亦集乃路总管府显然没有采纳失林的主张，失林被处四十七下笞刑，仍然发付给阿兀收管。目前的文书残片已经无法看到阿兀如何回应失林的抗辩，但根据美国学者柏清韵的推测，由于失林无从证明其原来的汉人身份，而他的养父又是回回人脱黑帖木，那么，即便官府进行推论，也只能得出失林乃回回人养女的确切结论。如果这种收养关系意味着某种形式的皈依的话，那么失林嫁给阿兀也就顺理成章，并不违反教义了。

最后遗留的法律问题是闫从亮与失林的通奸问题。通奸的行为，在今天的法律中并不被作为一种刑事犯罪认定，更多只是在道德上受到谴责以及受到刑法以外法律的约束，如党纪党规的处理等。但在古代，通奸是一种犯罪行为，从《唐律》以降，一直被认定为奸罪的基本形态——和奸。元朝关于"和奸"的法律规定基本沿袭《唐律》与金朝《泰和律》的认定思路，和奸有夫妇人最终定刑为杖八十七下，奸夫奸妇同罪。

尽管现有文书无法看出对闫从亮的最终定罪是什么，

但根据奸夫奸妇同罪的原则以及失林被判笞四十七下的结果看，二人显然没有因奸情而坐罪，甚至已有的文书中连指控奸情的文字都不存在。一种可能当然是两人虽然产生恋情，但确实没有存在通奸情节。不过，囿于古代科技水平限制，这一点实际上在官府审断中很难被证明或证伪。考虑到社会舆情以及对妇女社会名誉的潜在损害，古代法律通常只承认"于奸所捕获"等即时犯奸行为，而严格禁止事后指认奸情的做法。

也就是说，即便闫从亮与失林存在通奸行为，只要阿兀未能"捉奸在床"，他就不能指控二人的奸情，否则，根据"指奸坐罪"原则，阿兀反而要受到法律的惩罚，甚至会变相强化失林的抗辩效力。这样看来，阿兀也是"懂法"的。

从被亲生父母"过继"他人，到养父以嫁为卖，再到丈夫压良为驱，以及情人闫从亮的救助失败，失林的遭遇，是古代妇女不幸婚姻的一个缩影。更可悲的是，建立在男尊女卑基础上的元代法律并不能保障她的权益，失林唯一提出的抗辩理由几乎毫无悬念地遭到法官驳回。失林的遭遇也不会是个案，无法主宰自己命运的妇女，终究只能在时代洪流的裹挟中步履蹒跚地前进，并试图以星星点点般微弱的呐喊唤醒沉睡的人性，直到光明的到来。

1 本文所引失林案见李逸友编著《黑城出土文书（汉文文书卷）》，科学出版社，1991年，第164—171页。

2 陈高华等点校：《元典章》，天津古籍出版社，2011年，第611页。

亲情之殇

拈死阄

——道光初年的两桩自戕案

郑小悠

刑部尚书的问题意识

道光二年（1822）六月，刑部尚书那彦成向皇帝呈上奏折，汇报自己近年来总司天下刑名的心得体会，其中有两桩怪案引起了他的注意。先是嘉庆二十五年（1820）九月，一个叫徐玉麟的中年男子来到刑部大门，既不鸣冤，也不呈状，而是当众拔出利刃，朝自己脖颈抹去。很快，他因伤势太重，救治不及而死，并未留下只言片语。[1] 仅过数月，又一个叫徐行的上京告状，情形和徐玉麟相近，只是把自杀地点改在都察院门前。[2] 国家法司重地，青天白日，接连见此惨状，新君道光帝不能不予以重视。因为两名徐姓死者籍贯相同，都来自安徽宁国府泾县，是以皇帝先后下旨两江总督孙玉庭，令他亲自督办，务必根究明白。

从孙玉庭的结案报告来看，两件案子并无关联。头一件是命案，苦主徐飞陇，嘉庆二十一年（1816）二月二十九日夜间，在住家不远处被人打死。因为审理过程支离混乱，结果黑白颠倒，遂有死者族弟徐玉麟怀揣冤状，在刑部自戕。相对而言，徐行之死更加匪夷所思。该案起于泾县徐、吴两家的坟山所有权争夺官司，六年时间里，各级审官都断徐氏有理，而吴家倚仗权势，拒不服输。一桩经济纠纷久审不下，终以徐氏族人喋血都察院，才算告结。

两件事虽然性质不同，却又有许多巧合可疑之处。首先，两案都出自安徽泾县，该县盛产豪族巨贾，但地狭人众，有"好刚使气，健讼告讦"之风。第二，前案情节虽重，而徐玉麟仅系死者无服族弟，在本族人微言轻，何至于激愤难忍，以身相殉？后案是族产纷争，徐家的出头人名叫徐华，来京自刎的徐行是其胞侄，虽然亲属关系较前案更近一些，但考虑到案情轻微，以死抗争也显得十分勉强。第三，两案都是宗族抱团来打官司，又都与家族间旷日持久的坟山争夺有关。后案情节明了，姑且不论。即前案徐飞陇被打殒命一事，也混入了与乡邻章氏的坟山纠纷——案发后，徐姓控告章姓仇杀，章姓指斥徐姓嫁祸，历次审讯口供乱改，才做成个延宕多年的大冤案，在刑部门前搭上一条人命。

那彦成历任督抚，又有一年多的刑部尚书经验，对全国各地的刁风陋俗，大率有所听闻。这两桩京控自戕案，让他很快联想到一种存在于湖南、安徽、福建、江西、广东等地的残忍做法。在这些族权强势、民间又颇健讼的地区，一些宗族会以"拈死阄"方式应对外来冲击：每年正月初一，族中男子齐聚宗祠，将各自姓名写在纸上，做成纸阄。族长随机拈出一阄，写有名字的人就要做好在当年为全族顶凶抵死的准备，故称"拈死阄"。所谓顶凶抵死，表现形式多种多样。或是在械斗中卖命向前，或是自杀身死借尸图赖，也包括在诉讼中制造惨烈场景，赢得重视与同情。当然，宗族有义务为抵死者赡养家属，如果其人事到临头不肯舍命，就要形成"父母不以为子，妻不以为夫，而乡族亦必致之死地，不得生全"的弃绝之势，以此来确保该规则的执行力与持续性。拈阄看似"公正"，但可以想见，那些"甘愿"充当牺牲品的男子，必定是族中贫苦可欺之人。富裕强健者哪怕被拈到名字，也自有威逼利诱办法，可与弱者私相替换。据那彦成猜测，泾县的徐玉麟、徐行，或许就是"拈死阄"陋俗下的替死鬼，且因时间临近，具有模仿效应。

两族相争　真凶漏网

徐飞陇被害一事曲折跌宕，不亚于情节离奇的公案小说。原来，泾县铜山村八门口地方世有徐、章二姓居住，村前溪水流过，向东五里开有一家豆腐店，店主李象与徐、章各家都很熟悉。豆腐店旁建有碓屋，用作磨坊，因为夜间常丢东西，李象遂邀帮工同住碓屋，以防盗贼。嘉庆二十一年二月中，徐飞陇前往当涂县看望二儿子，月底返程回家，路过豆腐店时已是二更时分。正在碓屋烤火的李象见外面闪过人影，就怀疑来了窃贼。他抄起带有铁齿的磨楪出门，将毫无防备的徐飞陇捧仆倒地，连番踩踏殴打。徐飞陇面部朝下栽在沟中，不能挣扎呼救，等李象叫来帮工，认出他的模样衣帽时，其人早已伤重气闭，一命呜呼了。见是误杀乡邻，李象当即吓破了胆。惊魂稍定之后，他一面将尸体、遗物涉水背过小溪抛下，一面叮嘱帮工隐瞒，如果有人问起，就说当夜不曾在碓屋住宿。帮工答应后，二人趁着夜色各自离开。

徐飞陇的尸体很快就被发现，因为豆腐店门前以及溪边多处散落血迹，李象也作为头号嫌疑人，由徐姓家族的徐长发看管起来。两天后，泾县知县对其进行提审。李象先说不知内情，后被问到要紧处，又顾左右而言他。支吾提到徐、章两家近年来常为争夺坟山打官司，嫌隙颇重，章姓族人曾在自己店中声言要打徐姓。这是该案审理被引入歧路的最初伏线。

按照命案惯例，除死者家属和嫌疑人外，街坊乡邻是否要作为证人随案听审，决定权在办案差役。为了不被牵扯其中，作为同村近邻的章氏族人先向承办此案的差役董庆、舒元许诺送钱三千文，董庆嫌少再要，章家却不买账。章氏族人当街拦住知县，说明原委，随即被释放回家。敲诈未遂的董庆十分气恼，他找来李象十四岁的儿子，用食物诱惑，让他上堂时说自己看见徐飞陇曾被八人围打，其中就有四个姓章的。小儿嘴馋无知，随即照办。而李象为求脱罪，又乱供徐长发曾将徐飞陇扭打致死，以出当日看管之气。由此，章、徐两家都被攀进杀人事件，虽经知县调查均属子虚乌有，但因先入为主的仇恨情绪，两家不约而同认定对方为杀人犯，反将李象置于事外。特别是死者之子，坚信杀父仇人必是章姓无疑，想到其族人多势众，可以在本县贿买脱罪，于是迭次上控，要求将全案提到省城审断。

趁着徐、章两家纠缠不清，李象将店铺水碓拆除变卖，带着一家人逃往浙江，直到嘉庆二十三年（1818）三月回家打听消息时，才被官差拿住，送到省城。徐家被命案拖累两年，族内正为摊派讼资叫苦连天，此时一见李象，便觉大喜过望，约定由李象作证，攀咬徐飞陇是章姓所害，徐氏付给李象银钱作为酬谢，以期早日结案。然而事机不密，李象与徐家的银钱往来，很快被章姓得知，并报告给承审此案的怀宁知县。知县搜出李象所收赃银，又问及前次供认的徐长发等事，遂怀疑徐家自行谋死族人，嫁祸章姓，以报旧仇。徐家不服，遣人进京告状，案件改由安徽巡抚发交首府等官重审。而重审官员也以贿银为最大疑点，认定徐飞陇致死根由必在徐姓，故将徐长发等人加以刑讯，迫其认罪，又派遣泾县差役舒元，前往捉拿尚未到案的徐姓族人。

舒元来到铜山村多日，未见要拿之人下落，因恐不能交差，就将一个名叫徐兆的熟人带回顶替。徐兆是智力低下的糊涂人，舒元将他哄骗，教他上堂供说徐飞陇害病吃药，死在家里，由自家仆人将尸体抬到八门口地方，做成被人打死之状。等到首府大堂，徐兆被审官一哄一吓，又将徐飞陇患有何病、治病医生何人、致死者何人、抬尸照明者何人，乱说一气。审官将他所供之人提堂对质，一通严刑拷打之后，众人无不俯首认罪，是将徐飞陇从当涂县回乡日期从二月底改为一月，以证其案发之时在家患病，被本族人合谋害死后抬到八门口地方，借尸图赖章姓。不过，到了本省臬司堂上，徐姓族人又将前供全翻，案件审理再度陷入停滞状态。徐家不甘蒙冤，第二次进京控诉。

嘉庆二十五年夏天，安徽省迎来新巡抚吴邦庆。新官到任，即刻要烧三把旺火，催促全省上下将大小积案从速审结。徐飞陇一事两度京控，是巡抚衙门挂名的大案，是以下属官员马上行动起来，仍以首府领衔，对徐氏族人重刑问供。徐长发等受刑不过，再度诬认本族合谋杀死徐飞陇，移尸图赖章姓之事属实。此次牵连在内，将拟重罪的徐氏族人、奴仆共计八人，甚至包含徐飞陇长子在内。按理说，徐家供认的杀人手段，系用镰刀柄、背及石块殴打，与泾县仵作验尸时填写的致命腰眼垫伤不符，审官念及人命关天，应当提取徐飞陇尸棺，再加检验。然而，以速审速结为目标的省府大员并未细加斟酌，即就刑求口供上报巡抚。吴邦庆虽然照例亲自复审，却并无新见，仍准备以前审结论向皇帝奏报。

一条人命换来的真相

泾县徐姓族大人多，自然不能坐以待毙。除了撰写冤情传单，在省内散布，制造舆论外，徐家开始了第三次进京喊冤。族中对此次京控格外重视，多个房支都遣派子弟，分头前往，出发前还由族长设酒饯行，以壮声势。徐玉麟是此次徐氏京控团队的成员之一，他与徐飞陇血缘疏远，只是远房族弟，且家境贫苦，孤身在外佣工。不过，据徐氏族人声称，其人幼年曾受徐飞陇之母哺乳恩情，自愿以身相殉，换得举朝上下对徐家冤狱的关注。

徐玉麟在刑部门前自杀时，新君甫登大宝不过两月有余，行事尚以谨慎观望为主。面对事涉督抚的刑名大案，道光帝并未采取乃父嘉庆帝的惯行办法，派遣钦差重臣亲往审断，而是将案件主导权移交到两江总督孙玉庭手中，但同时提示孙玉庭，不要顾念与安徽巡抚吴邦庆的同僚关系，回护前审。孙玉庭接奉谕旨后，马上派员前往泾县，准备将徐飞陇尸棺起出，运往江宁复验。然而徐姓家族对地方官已经毫无信任可言，认为江宁与安庆官官相护，尸棺一旦提落入官府手中，遗体必然遭到破坏，形成冤沉海底、不可挽回的局面。是以多次将尸棺藏匿，乃至聚集族人，抗拒官差。

对于起棺一事，孙玉庭奏折交代简略，仅称徐氏"阻匿不交"，自己"派委武职大员驰往弹压，并委员先赍明白告示，大张晓谕，该族等始信"。而在时人笔记中，徐姓家族与起棺使者斗智斗勇，过程可谓惊心动魄：

徐之控都也，意必得星使。及饬交江督，意
不慊，乃匿尸棺不肯出。屡檄严提，迄不获。时
有某令者，缘事获咎，以能得尸棺白诸孙（玉
庭），请以自赎。孙许之，饬使往，则悬重赏密购
之。既得，徐异棺，令诇知棺匿某所，乃深夜往
掩之，果得棺。令恐有误，开视之，则女尸。大
惊，历破傍厝数棺，皆非是。而村民大哄，谓为
劫盗，持械群逐之。令急逃匿，而以徐姓拒捕伤
官，禀请发兵往剿。兵欲发，孙先使人多张示谕，
反复晓譬，令徐姓交棺免罪。兵未至，而徐姓异
棺来。[3]

无论起棺细节是否真如笔记所说这样离奇荒诞，孙总
督的推诚表态，总算换来徐家对等的诚意——除尸棺由其家
自行抬出交官外，各涉事人员也从藏匿拒捕，转为主动投
案。据孙玉庭奏报，重审工作由他亲自督办，江宁知府全程
主持。复审官从尸伤与供词的不符之处入手，对李象、帮
工，以及被牵连有名的章、徐两家成员进行隔离问讯，前后
二十余日"未用一刑"，众人无不"吐供如绘"，事情很快真
相大白。

事实上，徐飞陇尸体被发现时，豆腐店门前及弃尸路

上的斑斑血迹，已经将李象的杀人行迹充分暴露。案件审理过程中，李象父子变卖产业逃亡浙江，更是做贼心虚表现。然而徐、章两族因结怨在先而互诬不已，甚至各以李象父子为贿赂对象，以致在案件发展的中间阶段，杀人者李象完全洗脱了嫌疑，俨然以证人姿态周旋于徐、章二姓之间。至于衙门差役为谋取私利，在办案过程中诱导愚民、教供诬陷；基层仵作业务水平低下，验尸填单敷衍了事；各级审官预存偏见，动辄刑求……清代刑审中的种种弊端，在本案中都有集大成式的体现，连见多识广的老官僚孙玉庭也不禁感慨，这件案子"幻出层层谎证，实属荒谬离奇"。

在随后的定罪量刑环节中，李象以斗杀罪被处以绞监候，混淆视听的教供差役发往边地充军，参与诬告、抗官的章、徐两族主事者各断徒、流、枷号等刑，刑讯逼供的安徽审官革职前往军台效力。安徽巡抚吴邦庆本拟革职，经皇帝特旨从宽处理，改降翰林院编修。

一桩纠缠了五年多、屡审屡翻的大案，甫经徐玉麟血溅京师，便在三个月之内悉行告破。不过很显然，孙玉庭陈述全案时，并不愿对徐玉麟"舍生取义"的原因多加评论——避免在奏折行文中横生枝节，激起皇帝穷究细问，是地方督抚的惯常做法。而作为"天下刑名总汇"的负责人，那彦成敏锐察觉到这个问题，并将其与随后的徐行自戕事件并案审视，再联系到强势宗族的"拈死闹"传统，认为朝廷不应糊涂了事，任其蔓延发展。

用晚明族谱争北宋祖坟

与徐玉麟刑部自戕背后的沉冤难雪、生死攸关不同，徐行刎颈都察院的前序事件，是南方丘陵地区常见的坟山争夺案。该案"提省三年、案悬六载"，归根到底不过土地纠纷，却最终付出了生命代价。因为案发还在泾县，于是道光帝仍旧下旨给两江总督孙玉庭，令他亲提全案人证卷宗，秉公研鞫，务得确情。

本案的徐姓居住在泾县茂林都，与前案之徐并非同宗。所谓"都"，是南方地区常见的基层建制组织，与里、保等性质相近。嘉庆二十一年，当地势力最大的吴姓家族欲强买徐姓山地。此地名瑶煤垄，世归徐姓所有。因为徐姓拒绝卖地，吴姓便指着众多徐姓坟茔间一处长八十一弓、宽九十八弓的阔大旧坟，称系自家祖坟，并着手修缮立碑。徐姓不肯，被对方告到县衙。

吴姓的呈告依据是一部万历年间修纂的族谱。族谱上说，吴姓七十九世祖生于北宋太平兴国年间，死后便在此建坟，往后八十六世祖也葬在一旁。到南宋绍定年间，八十九世祖将这片山地作为女儿嫁妆，陪送给徐姓。吴姓族人据此提出，现在瑶煤垄土地虽已属于徐姓，但这块祖坟仍是自家的，要求知县断给。

按照清代律例及审断习惯，土地纠纷类案件，只以山地字号亩数、鱼鳞图册、缴纳税粮填单，以及近年的土地房屋交易契约为评判依据，那些年代较远的地契、族谱、碑刻，都不能算数。吴家的万历族谱与事发相隔二百年余，本身已不具有证明效力。不过，吴姓在泾县衙门的控词颇有技巧，诉状内称："争坟而不争山，一家之外地皆徐有，不敢侵占寸土。"似乎对徐氏的利益并无多少损害。泾县知县顾忌吴姓势大，又想早日完结官司，遂允许其族在那块残破旧坟前立碑祭祀，认作祖坟——避免穷究是非曲直，将解决问题的重点放在平衡实际利益上，以求尽快达成双方和解，这是清代州县衙门审断经济纠纷的基本策略。

徐姓不服县断，上控到府。宁国府知府欧阳衡办案颇为老道，接案后，他派人对瑶煤垄一带进行实地勘察，又比较了前后卷宗与文献记载，继而指饬吴谱的种种荒谬，驳回了泾县原审结论，将旧坟仍判徐氏管业。

府审阶段，吴家虽然灰头土脸输了官司，却也挺身而出一位更厉害的领头人。此人名叫吴恕恒，本来是云南的实缺知州，没有参与到家族纠纷中来，后因丁忧守制回到原籍，开始充当本族告状的急先锋。因为对府审结果大不服气，吴恕恒率领本族到省城的布政司、按察司控诉。布政司接案后，专门调出全省山林字号抄册、鱼鳞图册等官方档案进行核查。据档册记录：茂林都一图来字号分为一千二百个小区域，按数字编号。其中二百二十八号至二百四十六号，以及七百八十号，都称作瑶煤垄，属于徐家产业。此外，来字号内编号在七百八十三以前的土地，分别由徐、梅、王、章四姓承管，七百八十三号以后才有吴家字样。再派人询问当地看守旧坟的佃户，亦称该坟系徐家祖坟，从未听说与吴家有关。又说徐家土地与梅、王、章等姓接壤，而不与吴姓相连。

后来孙玉庭重审此案时，也曾派人到茂林都详细勘测走访，又将吴、徐两家族谱、历代泾县方志，以及各式官方档册逐一比较，提出许多质疑。譬如，吴谱记载该族七十九世祖葬在瑶煤垄，八十六世祖附葬在侧，但宁国府勘查时确认该地只有一冢，于是吴恕恒改称两棺合葬一冢，不但供词前后矛盾，也没有相隔七代的祖孙合葬一冢的道理。又如，民间无论贫富，从没有将祖宗坟墓所在土地作为嫁资赠予他姓之事，哪怕本家父母许可，宗族亲枝也难以接受。再者，根据徐姓族谱记载，其族自明朝洪武年间迁到此处，嘉靖年间购买了这片山地，吴姓所争旧坟，是徐姓十八世祖夫妇的合葬之冢，且徐姓嘉靖以前从未娶过吴姓女子，吴谱所称嫁往徐家之女生活在南宋后期，二谱严重矛盾。此外，吴谱模糊、涂改之处甚多，刊载的祖坟既未注明坐落山向，也没有勾画图形，只是在谱册相应位置粘上两个浮签，标注了瑶煤垄，和七十九、八十六两代祖坟字样。至于浮签系何时粘贴，则无可追考。凡此种种，足见吴姓的占坟诉求确系强词夺理，宁国府与安徽两司所审应属准确无误。

豪族的威力与弱族的抗争

两司审理过后，吴姓族人大多输服画供，甚至承认此前指坟告状，是欲强买徐姓土地。而以吴恕恒为首的少数人则坚持继续上告，一边向本省巡抚呈递诉状，同时派遣族人北上京控。都察院将案件批回，又与巡抚所接呈状合二为一，再发两司、府县复审。前后六年间，对于这件是非不难分辨的坟山争夺案，一省之内或搁置、或拖延、或推诿，县而府、府而司，寒来暑往，反复纠缠。各级审官虽然明知吴姓理亏，却不敢采取强硬态度，勒其就范。实因该族职官、绅衿众多，吴恕恒等为人又极刁横，前者宁国府知府欧阳衡将旧坟断归徐有，就引得吴恕恒大发淫威，对他肆意诋毁，使之毁誉丢官。

当时，宁国府衙破损严重，欧阳衡先是自行捐俸对大堂进行修缮，后因仪门及两廊房屋多有坍塌，本地绅士认为有碍观瞻，遂有集资捐款、整体修葺之举。这件事由知府衙门的经历官熊增负责统筹，巧的是，熊增之父曾在吴姓所开钱庄借钱。因为这层关系，钱庄主人向熊父打探案件进展，并求其为吴姓说情。当时熊父随口应声，并未理会，等到府审完毕，听说旧坟断给徐姓，吴姓大损颜面，极为气恼，迁怒于熊父不肯从中照应。吴恕恒尤其激愤，他要见知府欧阳衡说话，却被对方拒之门外，于是大耍威风，甚至"闯府咆哮，递禀诋毁"。欧阳衡也不示弱，一纸批文，把身为职官的吴恕恒发交宣城知县审讯，并向省内上司进行集体通报。吴姓愤恨不已，写下诉状，将欧阳衡、熊增一齐告到巡抚衙门。称熊增以修缮衙署为名，向本地绅士勒捐，并怂恿欧阳衡以多报少，蒙混克扣。知府大员被本地绅民举报借题摊派、贪墨捐款，这无疑触及了清朝官场的政治红线。很快，巡抚就委派专员，到宁国府核查府衙维修账目。欧阳衡得罪吴氏一族的严重后果，不能不令接审此案的同僚为之悚然。

对于打官司，作为豪族的吴姓可以倚仗财势长期支应局面，而徐姓人少力薄，一旦悬案僵持，便要备受拖累之苦。挨至道光元年，这桩官司已经持续了六年时间，徐姓各房不愿再接受讼资摊派，一时怨声载道，让在省城出头的徐华，以及他负责筹措经费的侄子徐行陷入两难境地。为了及早与吴家做个了断，当年秋天，徐华命徐行进京告状，同去的还有族人徐奥。来到北京都察院门首，见其建筑巍峨，防范严密，二人十分畏惧，不敢向前喊冤递状，可要就此返乡，也未免太丢脸面。他们在京城逗留多日，因为盘缠不足，徐奥便先回了老家，而徐行心中愤懑，抑郁难当，最终在都察院衙门前刎颈而死，一了百了。

关于徐行的身份与死因，吴姓录供时，给出过另一番解释。他们说徐行并非徐华胞侄，而是同姓不同宗的无关之人，意指徐姓为了博取同情，买命告状。后经孙玉庭访得徐行之母，讯知徐华、徐行确系叔侄至亲，吴姓张冠李戴，是故意混淆视听。

和徐玉麟刑部自戕案一样，徐行的鲜血与生命，换来了坟山争夺案的迅速审结。那位不可一世的吴恕恒，虽然在孙玉庭亲自提审时仍然"谬执谱据，逞臆狡展，不愿画供"，却被按照"问刑衙门审办案件，其有实在刁健，坚不承招者，即具众证情状，奏请定夺"[4]的例文强制定罪，从重发往新疆效力。本案中，几个踊跃出头的吴姓族人，都被革去官衔、功名，按律治罪。两位丢掉监生身份的徐姓成员，也借此得以恢复。唯是欧阳衡、熊增命运不济，双双被吴恕恒的胡搅蛮缠连累丢官——欧阳衡所涉宁国府捐款修衙一事，虽查明并非强派，但因事前未经上报，事后落人口实，而被勒令休致，回家养老。熊增虽无蒙混贪墨情节，但并未阻止乃父在辖境之内借贷银钱，以致瓜田李下，引起事端，遂被冠以有乖职守罪名，参革罢官。

从两徐自戕案看清代的个体、家族与法制

关于道光初年的泾县两徐案，因为没找到其他视角的系统性记述材料，笔者只能基于两江总督孙玉庭的定案奏折对其进行整体勾勒与细节填充。至于事实是否确乎如此，对于两百年后的叙事者来说，实在难以判断。毕竟，钦案关系涉事官民的前途命运，上奏者基于利害，行文时避重就轻、避实就虚的主观意图十分强烈，对皇帝思路与情绪的引导性明显重于对案情本身的陈述性。且措辞严谨出于常格，不易觅得逻辑漏洞。我们可以阅读史料接近历史，却无法透过史料获知真相，这是笔者在对两案进行讲述后，必须加以说明的。

在孙玉庭奏折中，二徐自戕与拮死阉的可能性关联，

是被完全规避的。但在那彦成奏折的提示下，我们也不能不与这位视野更高的刑部尚书产生些许同感：哪怕徐玉麟、徐行之死，是出于报恩心切或抑郁难当的自主行为，而非迫于宗族压力或是图财轻生，但类似拈死阄的思路与手段，也形如魅影，在两案背后若隐若现——因为现有信息的真实性无法确认，二人行为的出发点，自然变得扑朔迷离。

譬如前案铜山村徐姓，虽然全族多人被牵连进杀人案，将有冤沉海底之势，但徐玉麟作为死者远枝族弟，此前从未参与案件过程，在死者子侄众多、各房联袂京控的情况下，何以突兀地拼着性命不要，到了刑部门前一言不发，有死而已？奏折中虽称其曾受死者之母哺乳，故有感恩取义之举。但这样的妇孺内事，因果相隔数十年，又纯以当事人主观情感联结，单凭徐氏族人的一面之词，无论事实的可靠性，还是逻辑的有效性，都有很大推敲空间。孙玉庭对其尽予采信，而未求诸旁证，显然缺乏承审钦案应有的严密，也容易让人产生阴谋论式的联想：徐玉麟生活贫困，孤身佣工，与拈死阄场景中被牺牲的弱势族人画像十分吻合，而其自杀的受益者，也正是以集体形象呈现的徐氏宗族。

再如后案茂林都徐姓，徐行的身份被孙玉庭调查得较为清晰——他确系本案的主要参与者，又与徐家带头人是叔侄近亲，由他代表家族挺身京控，较徐玉麟似是而非的同乳情深，在伦理与利益关系上都更加符合常理。即便如此，作为官司对头，吴姓族人仍欲通过错乱徐行叔侄的亲缘关系，扰乱审官视听。这本身就意味着：在泾县当地，大家族有雇佣无关远宗、同姓代兴诉讼，或是充当牺牲品的传统与经验，否则这样的诬陷方式，很难被凭空想象产生。

这里有一点值得我们注意：两案中，自戕者背后的家族，都处在艰难弱势处境，自戕行为无论出于自觉还是贿买，都代表着家族背水一战的姿态。铜山村徐姓起初误判章姓杀人，虽不断控告，但因二族势均力敌，并未采取极端手段。随着形势变化，徐姓的对立面变成本省官僚系统，非殊死一搏而绝无胜算。茂林都徐姓虽未面临生死考验，但被本地豪族无端染指祖产，上下拖累六年，也已陷入进退两难境地。在地方官僚系统疲弊无力，难以主持公道的情况下，以自残方式把事情闹大，才能尽快摆脱窘迫现状。推而言之，类似拚死阖式的社会行为，在家族内部，是强势集体对于弱势个体的主动胁迫霸凌；而在家族与政权、弱势家族与强势家族之间，则表现为前者对后者胁迫霸凌的被动反击。

当然，对于刑部而言，即便二徐自戕案"所控得实"，但这样的"戕生兴讼"行为，仍令他们极为反感，且他们一致认为，这样的行为不能任由民间相率效尤。除了抑制家族对弱势个体的胁迫霸凌，以申明"人命关天"的基本人道理念外，更重要的是彰明政权在刑案审断领域的绝对权威——如果一个家族靠派人自杀自残就能左右官司走向，那么京师省城的大街小巷，很快就会变成"拈死阉"活动的填尸场，这是对国家权力、刑名体制、人心风俗的严重异化。

正是基于这样的考虑，在奏折中，那彦成提出日后对自戕控告者的诉求应不予审理，且需严追主使的建议。道光帝将其提议交付相关大臣讨论，形成处理办法，并添入《大清律例》。新例规定：此后各省军民人等赴京控诉，有在刑部、都察院、步军统领各衙门前自伤自残者，要严厉追究主使教唆之人。自残者本人伤而未死的，要处以杖九十、徒二年半刑罚。如果自戕之犯当场死亡，也不能就此罢休，还要究明主使教唆及预谋人员，分别治罪。

两桩延宕多年的大案通过京控自戕得以解决，却随之形成严禁自戕控诉的法律规定。皇皇国法、凿凿的论，不过是一身一命、阴差阳错的合力使然，在个体、宗族、地方、中央的博弈中摆来摆去，猝然定格于一条一款的白纸黑字之间。而按照再现实不过的历史逻辑，新例的制定与执行，又将开启一个新的轮回，民间幻化出的种种应对办法，无疑会将它渐次解构。形形色色的案件纠纷，正是这一过程的鲜活展现，虽然色调幽暗，却为我们了解历史、社会与人心，提供了不可或缺的重要途径。

1　本案相关档案见中国第一历史档案馆藏奏折，档号：04-01-01-0623-036，题名：奏为讯明泾县铜村徐章两姓互争山业结讼连年案秉公断结杜讼事，道光元年正月初四日；奏折原件，档号：04-01-01-0619-011，题名：奏为遵旨审明安徽泾县民徐玉麟呈控族兄徐飞陇被挟嫌围杀委员诬审反坐一案按律定拟事，道光元年正月初四日；录付，档号：03-2504-005，题名：奏为泾县县民徐飞陇命案复审情形事，道光元年正月初五日。

2　本案相关档案见中国第一历史档案馆藏宫中档奏折，档号：04-01-01-0620-033，题名：奏为俟由浦口离汛回省即遵旨审讯安徽泾县徐华遣抱京控吴姓争山拖讼一案事，道光元年九月初三日；奏折，档号：04-01-01-0634-028，题名：奏为遵旨审明泾县民人徐华遣抱京控吴鹤庆谋买坟山并吴恕恒刁翻延宕案按律定拟事，道光二年二月初十日；录付，档号：03-3698-016，题名：奏报查访泾县吴徐控争案实情并吴恕恒等再敢刁翻即治以加等之罪事，道光二年三月二十一日；案由，档号：03-3698-015，题名：奏为审拟泾县民人徐华遣抱告徐行赴京刎颈刁控告吴鹤庆谋买坟山并吴恕恒刁翻延宕一案事，道光二年三月二十一日。

3　（清）张祖基：《宦海闻见录》，《稀见清代四部辑刊》（第八辑第 61 册），经学文化事业有限公司，2014 年，第 142—144 页。

4　（清）薛允升著，胡星桥、邓又天主编：《读例存疑点注》，中国人民公安大学出版社，1994 年，第 84 页。

以命换利

——嘉庆朝儿子"教唆"母亲自杀图赖案

杨　扬

蔡、邱之争

　　现代社会常见的"碰瓷"行为，在明清时期被通称为"图赖"。清代律学家沈之奇认为：本与人无干，而图谋赖人，私下诈骗者，谓之图赖。若从词汇角度出发：所谓"图"者，谋也；"赖"者，利也，取也。前者彰显主观故意之"谋"，后者体现客观行为之"取"。日本东洋法制史学者寺田浩明认为，所谓图赖，是"图谋赖人"之意，即牺牲一个亲人自杀，或以假装自杀的方式，表明是对方的"威逼"使其陷入困境，或借此讹诈金钱的手段，他甚至将其称之为弱者一方最后的自杀式袭击。正因如此，清代地方社会的现实情况便是当自杀者的亲属家人威胁将要告发时，一开始被图赖方默默交付银子可能是更聪明，且更不惹麻烦的做法。这种做法无疑将赋予自杀图赖一方的权益主张一定程度的社会正当性，这也是此类图赖行为在当时流行的主要原因。

本文即以第一历史档案馆藏朱批奏折中的"蔡允光案"为基础，结合上谕档、起居注册等其他史料，展现一个儿子"怂恿"亲母自杀图赖他人的复杂案情。[1]

"蔡允光案"由嘉庆年间时任湖广总督的阮元与湖北巡抚张映汉上报，该案最初系黄冈县知县陈若畴负责审理。根据知县审理，县民邱成周曾花钱购买蔡俸园家土地，但蔡族人允光声称该地系族公田地，勒其退还。邱成周不允，二人争闹。蔡允光之母万氏随后至邱成周家自缢毙命，经知县验明尸伤后，确认实系缢死。由此开始对万氏之子蔡允光进行讯问。

蔡允光在讯问过程中供认，他与邱成周因退还地亩问题产生争执且被其欺侮，心中不甘，起意通过寻事陷害以图报复。具体办法便是怂恿亲母万氏赴邱成周家拼命图赖，导致万氏自缢身死不幸结果的发生。督抚根据蔡允光口供中的"怂恿"之词，认为案情重大，将犯证提至武昌府，由督抚随同司道对蔡允光再次进行讯问。

根据审讯结果可知：蔡允光系万氏亲子，其族人蔡俸园有地一块，坐落于葬坟。嘉庆二十一年（1816），蔡俸园将地典当在族众名下，嗣后又将地亩私卖给邱成周，随即外出。

嘉庆二十二年（1817）二月，邱成周前往该地耕种，蔡允光询悉情由后，向其母万氏告知。万氏顾虑邱成周在此耕种会妨碍自家茔地的风水，便命令蔡允光前往同族蔡文昭、蔡文安处，一起找邱成周理论，要求其退出地亩。但这个要求邱成周并未允同。

当月二十二日，蔡允光又向邱成周要求退出田亩，邱依旧不允。迫于无奈，蔡允光向亲母万氏表示，此事非她出头不可。万氏答应了蔡允光的请求，蔡允光随后便外出卖布。其间蔡氏族人蔡文昭因见邱成周族人邱守义在地垦种，便前往拦阻，不料被邱守义用磁片划伤额角。此事被万氏知晓后，她径自前往邱家理论，途中遇到卖布归来的蔡允光，告知其情况。

蔡允光因被邱成周多次欺侮，心怀忿恨，图赖之心渐起，便教唆母亲赴邱成周家拼命图赖。万氏当即答应，声言若得不到这块土地，便要死在邱家，绝不空返。蔡允光在旁回答，如母寻死，必会为母申冤。二人达成一致，万氏遂点头向邱家走去。蔡允光担心他人起疑，不敢回家，遂在附近躲避。蔡允光之妻张氏见万氏傍晚还未回家，自行前往邱家询问。

张氏至邱家后看到万氏正坐地哭闹，邱成周与邻妇蔡林氏在旁拉劝，张氏遂将万氏扶起，再三劝令回家。万氏坚执不肯，时已入夜，邱成周取出一捆稻草，令万氏、张氏同在磨坊住宿。张氏劝万氏安睡后，亦在旁躺卧，因困倦睡熟，天亮时方醒，发现万氏用系磨草绳在磨坊房梁自缢身死，当即喊救。邱成周与邻人蔡朝瀚闻声赶来，帮同解决，但万氏已经断气。

张氏回家后将亲母已死之事告知丈夫，蔡允光声称亲母果已缢死，定与邱家不依。张氏听其语言可疑，再三追问，蔡允光将怂恿母亲寻死之事告知，令不要声张。随后，蔡允光准备前往邱家寻闹，企图以此要挟邱成周退回土地，私下解决。谁料邱成周已前往知县衙门报案。经知县验伤，填写尸单，上报督抚审理。

由上文可知，通过审讯，蔡允光已对自己的罪行供认不讳。当地督抚认为，万氏虽死于自缢，但实系蔡允光再三怂恿所致，蔡允光之居心与谋杀父母无异，应当依子孙谋杀祖父母、父母，已杀者凌迟处死律，拟凌迟处死。此案情罪重大，因此恭请王命，将蔡允光绑赴市曹凌迟处死，以彰国法。蔡允光的妻子经官府讯问后，查出其对丈夫的行为并不知情，且本案发生过程中曾多次劝婆婆万氏回家，遭到拒绝，心存息和之意，并不存在协助万氏、蔡允光等人实施图赖行为以及此类想法。此外，邱守义殴伤蔡文昭额角的行为，应依《大清律例·刑律·斗殴》条中的明确规定，即以"（他物殴人）成伤者，笞四十"。[2] 蔡文昭伤已痊愈，现在外出，应免到案。邱成周购买蔡俸园地亩，饬令蔡俸园到案后另行查明断结。

皇帝的审判

对于这份奏折，嘉庆皇帝的批阅是"另有旨"。嘉庆帝对"蔡允光案"中督抚提出的定罪量刑建议并不认同，这在《嘉庆帝起居注》中有详细记录：

> 蔡允光之母万氏因邱成功（即前所说邱成周）不肯退还地亩，前往哭闹。夜深住宿，用系磨草绳在磨坊自缢身死。该督等因蔡允光怂恿伊母赴邱成功家拼命图赖，万氏声言如不得地，即死在邱家，断不空返。该犯答称，如果寻死，伊必为母伸冤等供。即将该犯照依子谋杀父母已杀者凌迟处死律，恭请王命，凌迟处死办理，尚未允协。万氏前赴邱成功家图赖，蔡允光并未随往。自缢

草绳系邱成功家之物，亦非蔡允光付给。其耸母
拼命图赖供词系在万氏自缢后审出，只系空言。
问拟斩已当其罪。若即处以极刑，近日他省逆伦
之案若有逼母自尽并付给凶器，从旁加功者，又
将加以何罪耶？蔡允光业已正法，著无庸议。嗣
后审拟此等案件，亦应详核情节，不得漫无区别，
概从重典。³

　　嘉庆皇帝的不同意见主要体现在三个方面：首先，从
行为发生的空间角度而论，图赖行为的实施阶段，即蔡允光
之母万氏前往邱成周家哭闹，半夜自缢身死时，蔡允光并不
在场。其次，从行为发生的工具角度而论，万氏用以在邱家
磨坊房梁自缢的工具——系磨草绳，是她当晚在居住的磨坊
中随手拾得，草绳并非蔡允光家之物，亦非蔡允光提供的自
缢工具，能否径自认为这种自缢行为是事先预谋，有待再行
考虑。最后，从"怂恿"供述产生的时机而论，蔡允光是在
被知县、知府讯问过程中才供述其"怂恿母亲自缢（图赖）"
的内容，这些事实皆为万氏自缢后审出，并无他人在旁佐
证，"只系空言"，在这种情况下"供明"的事实，不能视作
对当事人处以凌迟极刑的依据。供述内容存在瑕疵，能否以
此为凭也是嘉庆皇帝质疑的重要内容。

从上述疑问出发，可以看到嘉庆帝在本案中慎重对待人命的司法态度。自古迄今，人命案件都是严重危害到既存秩序的社会问题。像蔡允光这类案件无论是在立法文本还是在司法实践过程中都应是司法机关重点关注的案件类型。这不仅关乎他人生命安全，更是涉及当时社会宗亲服制大义。具体而言，行为人基于图赖讹诈他人的故意目的，实施或唆使他人死亡的案件在主观恶意性程度、客观社会危害性方面都超过了一般的人命案件。因此，深度剖析蔡允光案，能帮助我们了解在事实认定过程中若存在模糊或争议时，官员与皇帝是如何进行处理的。

万恶的图赖

有清一代，多次出现过此类子女通过教唆父母自杀图赖的方式向他人借机报复，或讹诈钱财的恶性事件。清代刑部比照"蔡允光案"的事实情节与法律适用，判处当事人斩立决的司法案例依然存在。《清代判牍案例汇编》中收录有浙江巡抚题请刑部审核的一件图赖案：

题王承明因挟王必（兆）劝典祭田之嫌，抢割

田谷不遂，欲与王必兆拼命。伊母声言前去死在王
必兆家。该犯即以如果寻死，必为母伸冤之言，怂
恿致母吴氏服卤身死。详核案情，该犯于伊母声
言寻死时在旁怂恿，其居心固不可问，怕怂恿究止
空言。伊母至王功元家服卤时，该犯并未随往，其
所服卤系王功元之物，亦非该犯付给。核与嘉庆
二十二年六月蔡允光之案情事相同，将王承明拟斩
立决。[4]

该案发生于嘉庆二十二年十二月初三日，当事人王承
明因挟王必（兆）劝典卖祭田，且抢割田谷不遂，欲与王必
兆拼命。其母吴氏声言要去王必兆家寻死。王承明便怂
恿吴氏服卤自尽、以死相逼，并承诺母若寻死，必为其申冤。浙
江巡抚通过审核案情事实，从两个维度对案件关键信息进行
确认：其一，主观恶意方面，王承明是否具有明确的怂恿教
唆故意。浙江巡抚认为该犯在其母声称将要前赴寻死时在
场，且多有怂恿之意，并提出若寻死必申冤，推动了其母服
卤自尽行为的发生。其居心固不可问，怂恿亦究止空言，然
教唆他人自杀之故意已生；其二，客观行为方面，其母前往
王必兆家服卤自尽时，王承明并未随同前往，且用以自尽的
卤水系王功元家之物，并非王承明供给。似乎王承明不应对

其母服卤自尽的死亡结果承担法律责任，但根据传统中国案件审理比附的法律原则，该案最终比照发生于嘉庆年间的"蔡允光案"，将实施教唆他人自尽图赖的当事人王承明拟以斩立决的刑事处罚。

其实，针对这类自尽图赖案件，其行动逻辑大多会被归因于弱者的生存权益受到侵害。但纵览大量相关案件，会看到这种恶性事件的频发，与行为人本身的贪婪、国家法律的规定有很大关系。诚然，在租佃纠纷中，因佃农与佃主之间的关系，前者经常因无法耕种土地，生存受到威胁，不得不通过在佃主土地自尽的方式保全家人日常生机。但在其他日常生活场景中，较少出现生存权益被极限压缩的情况。因此，选择自尽图赖，大多因利益二字。这些表面上的弱者甘愿铤而走险，以"捍卫权利的斗争"为名，通过单纯的捣乱，甚至付出生命的代价，只为获得利益。国家法律针对这类外在显示系因他人威势致自尽的行为，按照威逼人致死的法律规范定罪，将这种自杀归结为"威逼"的事实存在。因此，当自杀者的亲属通过威胁要告发以讹诈钱财时，当事人由于"大事化小，小事化了"的朴素认知，会选择支付几两银子这种"聪明"的办法以避免更加复杂耗时的诉讼缠身。

倘若回溯历史，宋代社会其实已经发生过类似恶性案件。在宋代桂万荣编撰的《棠阴比事》中，就记录了北宋时任宣徽南院使官职的程戡审理过的一起人命图赖案件，案情如下："程戡宣徽知处州，民有积为仇者，一日诸子私谓其母曰：母今老且病，恐不得更寿，请以母死报仇。乃杀其母，置于仇人之门，而诉之。仇弗能自明，戡疑之，或谓无足疑，戡曰：杀人而自置于门，非可疑耶？乃亲勃治，具见本谋。"[5]

从宋代的"程戡仇门案"至清代的"蔡允光案"，可以发现传统中国的社会治理始终保持着稳定性与持续性。即使身处不同社会环境中的司法官员，对待此类案件的法律判断都具有某种程度的相似性。蔡允光并未跟随其母前往哭闹，也并未在旁协助自缢死亡，在整个过程中也没有提供任何帮助自缢的工具，这些客观事实并不能推导出蔡允光存在"怂恿母亲自缢身死"的结论。督抚臬司仅仅基于当事人蔡允光被讯问时的"供述"，便断然依子杀父母已死应凌迟律处以极刑，这种做法在嘉庆皇帝看来是没有客观事实证据印证的。若将这种存在疑义的案件都以督抚拟定的极刑加以处理，那其他省份存在明确逼母自尽并提供凶器、从旁协助的犯罪当事人，又该以何种刑罚处置呢？

此外，在法律程序过程中通过逐级审理，严格遵循逐级审转复核制，能够一定程度减少冤假错案的产生。如蔡允光案中，若是没有嘉庆皇帝不同意见的提出，依据督抚既有的法律意见，蔡允光将会以杀父母凌迟律处刑。纵然本案当事人蔡允光因已被凌迟处死，无法得到减免，但正如嘉庆皇帝所言，对于日后审理类似案件，应详细审核案件细节，做到有所区别，真正实现"个案正义"的目标。

1 本案相关档案见中国第一历史档案馆藏宫中档朱批奏折，档号：04-01-26-0033-038，题名：奏为审明蔡允光恣恿其母赴邱成周家图赖地亩自缢身死案按律定拟事，嘉庆二十二年五月十八日。

2 《大清律例通考校注》，第 816 页。

3 中国第一历史档案馆编：《嘉庆帝起居注》（一九），广西师范大学出版社，2006 年，第 246—247 页。

4 杨一凡主编：《清代判牍案例汇编》（乙编 第六册），社会科学文献出版社，2019 年，第 214 页。

5 （宋）桂万荣撰：《棠阴比事》，国家图书馆藏清抄本。

每个人都在说谎？

——嘉靖年间重审宋氏杀夫案

张田田

林樾之死

明朝嘉靖年间，关于贵州一起妻子杀夫案的重审，在不同层级、不同衙门的官员中激发了不小的争论。此案中的死囚宋氏，是死者林樾的妻子。她被贵州的原审官吏认定，要为身受多处致命伤的林樾的死亡负全部责任，因而被判凌迟处死。原审认定，林樾为人贪杯好色、荒淫无度，宋氏心中早已无夫妻情分，行事也并不尊重丈夫，林樾尸身上的多处伤痕，就是宋氏险恶用心与残忍手段的明证。

然而，多年之后，被判凌迟重刑的宋氏，等来了打算给她翻案的巡按御史王杏。巡按御史作为"天子耳目"，定期被派遣出外，出巡届满便更替，他们的一大职能，便是巡视地方，认定断罪有出入，就可以为之辩冤。关于宋氏是否杀夫，王杏并不信任原审衙门的判断，因而向都察院递交了他的质疑；以左都御史王廷相为首的都察院其他官员，面对王杏的旧案重提，态度则相当保守。

都察院"为天子耳目风纪之司"，职责包括"纠劾百司，辩明冤枉，提督各道"等。王廷相号浚川，他执掌都察院期间的部分公文汇集成了《浚川内台集》，亦名"覆奏语略"。所谓"覆奏"，是因为入选的案件均请示过嘉靖帝。为官数年、经验丰富的王廷相，当时面对的是怠政的皇帝与复杂的官场，但他收录在《浚川内台集》中的奏请，包括对宋氏杀夫案的判断，基本都获得了皇帝的赞同。皇帝不从王廷相建议的，除了两个涉及宗室的案件，就只有嘉靖十六年（1537）对一名巡按御史的处分。这名巡按御史正是王杏，其受罚的原因，也许在其为宋氏翻案时，已有端倪。接下来，我们来看这起原审、巡按与左都御史各方意见分歧的杀夫案，究竟有何蹊跷。

对于宋氏杀夫之罪，原判斩钉截铁：她"以剪刀戳破林樋阴囊身死，问以凌迟"。[1]"人命以尸伤为据"，最初的验尸已经留下了详细的记录，所以多年后，王廷相等仍可查阅：除了死者"一身青伤，不系致命"外，"初检林樋尸伤，顶心囟门偏左偏右、两肋等处，俱有伤痕，项颈八字交匣；及再检，又有剪刀戳破肾囊、丢弃肾子之伤。此皆致命之处"。

死者林樾尸身的检验记录，看着颇为详细，当时承审官吏的工作，似乎比较周全。不过这里面，也有不少值得留意的细节。我们可以参考清代官箴书《州县初仕小补》中给出的建议，"凡相验死尸，若系当时，自然易验。先看头面致命部位，再看周身何处有伤，逐一验明"，这说的是好办的情形，检验的时机相对及时，尸身的情况较为完好，这样的话，就按照《洗冤集录》的记载，把死因归伤类，依次走流程："若系刀伤，比对刀口，量明分寸"，"缢者，看绳纹八字交与不交"，"殴死者，验伤痕是何物致伤，是否在致命部位，逐一看明"。然而，命案情形多样，条件未必理想，因此，官箴书里的经验分享，重点还包括了"验尸莫避臭"，"倘尸已发变，切不可避臭不肯上前，必得眼同尸亲，将所告之伤验明"。可以想见，腐尸之上，无论是刀伤刀口，还是上吊绳纹，抑或其他伤痕，都不那么清晰可辨。尤其是在诸多伤痕中，官箴书还要特地点明，"肾囊有伤"的话，应当亲手"按试其肾子"，辨别"是单是双，是否破碎"。总之，"不明之处，查对《洗冤录》，万无错谬"。这样看来，验尸自有一定之规，只要仵作尽力、官员尽心，过程可控，结果应当可靠。

那么此案的检验结果应如何解读呢？在王廷相等人看来，这些伤情记录，无疑说明了死者是被人所杀，且留下了多处致命伤。检验还进行过两次，足以排除其他可能。这两次检验，从结果来看，前述的判别"刀伤""上吊"与"殴死"的经验，都能适用。第一次检验，发现了死者头部与两肋被殴，还发现了颈部绳纹的蹊跷。第二次检验，又补充获得了下体肾囊部位的剪刀伤。死者伤痕累累，除了被杀，很难找出别的死因。我们尤其要注意初次检验的"八字交匝"结论。验尸的经验总结中既然要强调"看绳纹八字交与不交"，也就意味着此类绳纹成为辨别自杀、他杀的关键：自缢死状，以绳迹类似"八"字但在脑后并未交会的"八字不交"为原则，相应的，"八字交匝"意味着并非自缢，而是被人勒死。两次验尸发现，林樾的尸体，呈现出明显的上体被殴、下体被剪刀戳刺，以及颈项被勒的痕迹。那么原审的方向，自然就是寻找最有动机、有能力杀死林樾的人了。

巡按御史的疑惑

然而，王杏多年后巡按贵州，之所以要主张原审有疑，也同样是仔细研究过验尸报告的。林樾生前的"荒淫酒色，醉生梦死"，与尸体满身伤痕结合起来，成为王杏的第一个疑点。"林樾虽醉，定有声张，静夜深更，何无一人知觉？"被打一下两下，也许还没反应，被上上下下打伤这么多处，就算无法抵抗，疼也该疼醒了。寂静的深夜里，林家上下，岂能无人听闻、无人来救？

我们也可以把王杏的怀疑思路再作延伸：剪刀也好，拳脚也罢，这些伤害，都应该发生在勒死之前。伤害不是瞬间完成，下手者定然要费些力气，花些时间，也就不得不冒着林樾要么直接还击、要么呼喊求助的风险。宋氏作为中年妇女，有没有这样的能力？即便她有，多年夫妻，又是以多大的恨意，才能如此行凶？

不过，王杏的这一重疑问，在王廷相看来，并不能削弱原审原验的信度。王廷相把死者醉酒及家中他人"后房安歇"的"招情"与多处"尸伤"结合起来，认为林樾醉后，昏沉之中，即便绳子绕到了脖子上，也未必能醒过来。勒死一个醉汉，用不了多大力气。"不过一人之力，即可杀也，又复何疑。"王廷相还根据林樾对酒色的沉迷，推断"宋氏不得遂其情欲，亦何所不至"，这里，他点出了各方都不否认的一个事实：林樾与宋氏的"夫妇之情，久已不谐"。婚姻名存实亡，夫妻已成怨偶。但这又得是怎样的矛盾，引发了多大的怨念，才能使宋氏出手伤人，以致将丈夫杀之而后快呢?

案发后的审理中,已然查明,林樾与宋氏,算是半路夫妻。林樾有儿子林乔,宋氏嫁过来的时候也带着她前段婚姻中生育的女儿程大儿。可能是为了亲上加亲,也可能是另有原因,林樾本想着把林乔跟程大儿凑成对儿。宋氏当时点了头,哄得林樾开心,给未来的儿媳"用纱罗做衣,用银打造首饰"。程大儿打扮得出挑,宋氏又瞒过林樾,暗中牵线,给女儿另择良配。她找上的是更有势力的本卫指挥丁明一家,让程大儿嫁给丁明的儿子丁纪。等程大儿顺利离开了林家,宋氏又"通将衣服首饰转递",林樾的算盘也就落了空,只好另给儿子找儿媳了。

这些事记在原来的卷宗里,多少也算陈年旧事。王廷相把这些往事重提,主要是想证明是宋氏亏欠林樾,"但有夫妇真实之情,决不如此"。宋氏能瞒着丈夫,另怀心思,足以说明她不是什么合格的妻子,"林樾乃柔懦无用之夫,宋氏乃强悍不义之妇",宋氏杀夫一事,就是板上钉钉。所以王廷相更支持原审的判断,即林樾始终是受害者,生前屡遭宋氏殴打,死前不久,又一次被打伤重,醉卧梦乡中被宋氏戳伤肾囊、勒住脖颈,终于一命呜呼。当时检验尸伤、讯问人证,都可证实宋氏有罪。依据《大明律》"妻妾殴夫"条:"凡妻妾殴夫者,杖一百……故杀者,凌迟处死。"

宋氏"悍妇"的形象，在原审官员的笔下敲定，也在王廷相一派的后来者心中扎根。既然她能够肆意打伤丈夫，那么便不难要了重伤之人的命。这样一来，巡按御史王杏第一次"辩理"时，通过查阅卷宗与提审宋氏所发现的此案所谓冤情，即宋氏虽用棍打伤林樾，但林樾死于气愤自缢，宋氏应当依"威逼期亲尊长"律改判绞罪，便是无法立足的了；王杏所谓林樾被打后的"自缢身死"，与"八字交匝"的验尸结果不符，说谎的只能是宋氏。

如果王杏初次尝试后便知难而退，此事便并不会被王廷相记入《浚川内台集》。王廷相对王杏的大力驳斥，是因为王杏在首次质疑宋氏之案受挫之后，又执意进行了新的调查，他不但坚持了林樾死于自缢的观点，还提供了有关林樾自尽是咎由自取、宋氏罪责得以大幅度减轻的新证据。正是这种执着，使得王廷相不得不将王杏的两次"辩问"及为宋氏翻案的尝试放在一起考虑，逐层驳斥，并奏请皇帝批示。

作为都察院长官的王廷相，虽然从观点上并不认同巡按御史王杏的翻案提议，但在程序上须得认真回应，这是由明代的监察制度与巡按御史的职责设计所决定的。同为监察官员，巡按御史代表皇帝巡视地方，深受重视，其行使职权相对独立，与都察院长官并无垂直隶属关系。其实，王廷相本人在升任左都御史之前，也曾巡按陕西，留下了包含《会审录》与《详驳录》两卷的《浚川驳稿集》，其中可见，原问衙门、原审官吏是存在错判的可能的，具备较高职业素养与道德操守的巡按御史参与慎刑恤狱与重案复核，意义重大。总之，巡按御史对于案件审理和复核，虽无决定权，但颇具影响力。

二次翻案

王杏第二次为宋氏辩冤的尝试，尤其值得关注。因为他凭借所掌握的新情况，几乎完全推翻了原审所建立、王廷相所支持的林樾为夫无能为力、宋氏为妻无情无义的"悍妻杀夫"叙事，也不同于之前所主张的"宋氏殴打在先，林樾被逼自缢"，而是重构了"林樾畏罪，羞愧自尽"、主要过错不在宋氏的全新情节，使得宋氏之罪从原审所定的"凌迟"骤降为"不应得为"（杖八十）。为此，王杏不但"将原招殴打情节、检出伤痕，通作妄招"，还采信了宋氏提供的新情况，即林樾死于自缢，自缢的起因是"林樾奸子妇陈氏"事发，在羞愧中了结了自己的生命。林樾的这一死因，由宋氏亲口所供，且是她在被控杀夫、"三次拟死"之后，方才说出的。如果宋氏所言不虚，那么林樾与儿媳有私，罪恶深重：如果是"强奸儿媳"，则是为老不尊的逆伦死罪；如果是翁媳通奸，也属于"十恶"中的"内乱"，男女同罪，均应重罚。原审虽已经认定林樾作风"荒淫"，但他的好酒与好色，于婚姻无益，受累的主要是他的配偶等家人，律法和礼教并不会直接对他进行谴责。"荒淫"到了乱伦的程度则不然，一个在道德与法律上均严重越轨的恶徒，如果自寻短见，他的妻子总不至于要为之"抵命"。

然而，这一家族中的丑闻，出自被指控杀夫的宋氏之口，而且是在案发多年后方才说出，必然会受到严格的审视和强烈的质疑。王廷相反驳王杏时，便于开篇即明确点出了王杏主张的"宋氏之罪，以渐而减，似涉轻纵，恐非慎重刑狱之道"，其后也明里暗里地示意，王杏强行翻案的理由都不成立，实质是为了开脱宋氏的死罪而故布疑阵、掩盖真相。对于"林樾奸子妇"一事，王廷相质疑宋氏招供的时机不对，"以宋氏初勘凌迟之时，既有此事，死生之际，人情必欲求免，宋氏何不当时即供在官？何乃至三次拟死，方才说出？"而且，"狱情以活口对证为的"，也就是这种生死攸关的情节，必须经由知情者的对质，方能验证真实性。林樾身死之时，儿媳陈氏还存活，如果宋氏不甘蒙冤受死，大可以尽早揭破林樾生前的乱伦丑事，与涉事儿媳当面对质，从而洗脱自己的杀夫罪名。宋氏早不说，等到儿媳已死的十一年后，才抬出一套死无对证的"林樾奸子妇"借口来，岂能使人信服？

王廷相给皇帝的奏稿中，暗示"林樾奸子妇"之事的不可信：宋氏在多年之后"死无对证"而狡猾翻供，极有可能说明她受到了王杏的纵容，巡按与死囚合谋，"捏久死之妇奸情，以为辩脱之本"。王廷相转而强调原先两次尸检的可靠性，如第二次"差委覆检"发现肾囊有伤，指挥丁明正在参与"具结"的人中，丁明的儿媳就是宋氏的女儿，王廷相这是要以丁明对尸检的认同，充当林樾尸伤不虚、宋氏杀夫属实的有力旁证。如此，王廷相将"捏造奸情"与王杏有意忽略尸检报告即"不再检顶心囟门等伤及八字交匣与否"联系起来，言下之意，就是认为王杏的"辩理"并无真凭实据，无非是"欲为宋氏出脱死罪，故屡次变其招情"。

总之，在王廷相的分析中，妻杀夫案，"伦理所关"，相比"原招原伤，情真无疑"，巡按御史王杏存心"似涉轻纵"，以林樾死于自尽为由减轻宋氏刑罚，"似难依辩"，"难以轻允"。且此案经王杏两次"辩问"质疑，都察院长官回应之时，王杏巡按贵州期满，已然调任他处，所以王廷相请示皇帝，"本院欲候命下，札行续差巡按贵州监察御史倪嵩，再行从实检勘明白"，嘉靖帝依议。等待着宋氏的是新任巡按的"从实检勘"，恐怕其在各方的压力与关注下，不会再如王杏一般站在宋氏一边。

至于王杏本人，巡按贵州的经历，也多少影响到他后面的仕途与他在后世的名声。嘉靖十三年（1534），王杏出按贵州，十五年（1536）转任山西道监察御史。王杏在贵州时，对当地的文教事业贡献不少，他在贵阳建阳明书院，还提请给贵州单独开设考场，增加科举名额。他对当地文教的上心，与对平反冤案的重视，本应都属于称职的表现。然而，从《浚川内台集》中，又发现两则对王杏不利的奏议。贵州书吏受赃，接管御史杨春芳揭发其事，牵连王杏，王杏奏辩，但最终认定，"监生书吏，屡屡受馈"之事正是发生在王杏"持宪巡按一方"之时，"赃私之污，固非于己，关防欠谨，委亦难辞"，也就是虽无证据表明王杏本人有经济问题，但他身为风宪官，有失察之责。王廷相认为王杏所犯为公罪，既遇恩诏宥免，不如照旧供职。但嘉靖帝要严办，嘉靖十六年（1537），将王杏降一级，调外任，为广德州判官。

每个人都在说谎？

王杏巡按贵州时，对宋氏之案如此关心，其心是公是私，旁人固然不得而知。但宋氏之案的内情，是否如原审与王廷相覆奏时那般分明？我们综合王杏与王廷相各自强调的细节，或许也不能百分之百地"排除合理怀疑"。

首先，案发之时，即林樬何年身死，缺乏明确记载，可以推知的是，此案拖延未决，至少有十余年。杀夫重案"伦理所关"，"凌迟"之刑"决不待时"，宋氏何以被"三次拟死"，多年偷生？除了王杏，还有哪些官与民，在关注此案？倾向于维持原判的王廷相，并未向皇帝汇报此案漫长审理过程中的所有波折，但通过对时间线的关注，我们会留意到此案的特殊之处，恐怕不止于王杏一人"欲为宋氏出脱死罪"。

其次，详细而严格的尸检，前后进行了两次。第二次检验，是因何而起，距离案发时有多久，尸身是否已经发变，王廷相并未言及，我们也就无法判断王杏对检出伤情的"通不勘及，即与辩问"，究竟是有意"疏脱"，还是另有缘故。原审按照第二次尸检所补充的伤情，以剪刀戳伤肾囊为重点，认定宋氏故杀林樬、罪应凌迟。王廷相对此深信不疑。我们看到的则是，两次尸检，查出了越来越多的致命伤，如同为"杀夫"上了一层又一层的保险——头顶被殴还不够，还要"八字交服"有勒痕，且殴且勒还不够，剪刀戳伤、肾子缺失，也被检验了出来。这是怎样的深仇大恨，下手如此之狠？王廷相说，宋氏与林樬感情不和，所以肆无忌惮。但如果换个角度，宋氏能忍林樾多年，是什么一举激发了她的杀心，而且是凭一己之力留下了殴、勒、戳这三重致命重伤？

再次，"女强男弱"，是王廷相勾勒的宋氏、林樾婚姻状况。但如果宋氏如此势大，面对林樾对儿女亲事的安排，似乎倒也不用这样委婉周旋。当然，宋氏的假意允诺，如果是存心为女儿多谋财利，而非惧怕林樾，倒也说得过去。但宋氏为人如此深沉且爱财的话，又怎么肯在隐忍林樾贪杯好色多年之后，突然在深夜中独自凶残杀人，留下多处致命伤痕后束手就擒，等着被明正典刑、"千刀万剐"的命运？

最后，如果非要给宋氏一个与林樾彻底决裂的理由，发现荒淫的酒色之徒竟然是"没人伦的猪狗"，对家中晚辈下手，可能还真算一个。王杏查出的这一情节，确实有撼动原审的可能性。王廷相对此，虽没有无视，但并不深究。他抓住了儿媳陈氏的"死无对证"，直接将宋氏多年之后的首次坦白指为脱罪谎言。其实，在那个妇女以名节为重、家丑不可外扬的传统社会，要求涉事儿媳出来作证，明显是强人所难。再说，宋氏又如何能预见陈氏何时殒命？倒也不乏这种可能：林樾、陈氏都已经离世后，其他知情人反而有可能"说得出口"。不过，王廷相直接斩断了这种可能：只要不查，便是没有。"伦理所关"，凌迟重案，仅凭这点线索，哪能说翻就翻？

　　其实，宋氏在至少十余年间的缄口不言，如若我们汇总王廷相所选择的、王杏质疑或补充的有限信息，所有出场的人物及其选择，或许指向了一个更阴暗的方向："每个人都在说谎"，以及"本性难移"。林槚想让自己的儿子娶宋氏的女儿，宋氏为何不肯，非要"舍近求远"，让女儿离开林家，她才更放心？指挥丁明认可验尸结果，王廷相认为这间接说明他不肯偏袒自家儿媳的母亲宋氏。其实，尸检只能说明有伤，就算重重叠叠的致命伤都确定指向了"他杀"，可伤痕仍并不能直接为死者代言、开口指出真凶何在。作为死者配偶的宋氏，或许注定首先被怀疑，又或许她下定决心，成为唯一的嫌犯。她之前供词闪烁，或许是无力抗争，或许是不肯自辩，抑或她在虚虚实实的供述中，仍然保守着一些秘密——伤痕存在，尸体存在，愤怒存在，杀戮存在，那惊心动魄的漆黑暗夜过后，"荒淫"者永远不能开口。杀人者可能是她，也可能另有人在。在验尸报告上签字具结的丁明等人，优先保护的如果不是宋氏，那人的分量定然要重于宋氏；也可能包括宋氏在内，他们心照不宣：往事不必再提。如果是这样，宋氏以谎言与性命、付出名誉与自由来守住的秘密，说不定就在她的家中——她一直保护的那个家人，又是谁呢？

总之，宋氏杀夫一案，因御史王杏巡按贵州时认定存在冤情、力主翻案，从而屡兴波澜。王杏关注宋氏之案，涉及案发当时当地的"原审"，数年之后巡按御史首次"辩问"即提出了此案有冤、应当改判之议，以及补充重要情况、全面反对"杀夫"的第二次辩冤，这些异议由贵州道御史转呈都察院长官，王廷相在京与御史同僚经书面审查，并不认同王杏提议，仍倾向维持原判。文牍往返、经年累月，直至王杏调任，离开贵州。此案改判的希望，或已消弭无踪。但经由跨越数年的多次审理而被层层拨开的情感纠葛与矛盾缘由，我们也许能够穿透这起惨案的表面，一窥核心人物如宋氏等的生活与命运，一探这起明代刑案审理的复杂与幽微。[2]

1　本文所引案情资料均出自（明）王廷相著，王孝鱼点校《王廷相集》，中华书局，1989 年，第 1077 页，第 1099 页。

2　本文在写作过程中关于《浚川内台集》的相关内容参考了张欣然《嘉靖朝左都御史司法监察权的行使——以王廷相〈浚川内台集〉为中心》，沈阳师范大学硕士学位论文，2022 年。

元朝胡颐孙杀弟案

陈佳臻

　　江西行省参知政事胡颐孙杀害其弟一案，是元朝成宗时期轰动一时的大案。众所周知，参知政事，在宋朝几乎是副相的角色，到了元朝，即使这个职位设置的数量稍多一些，但无论是在中央的中书省，还是地方的行省中，参知政事都是从二品大员，负责某方面具体事务，位高权重，锦衣玉食。很难想象，做到这一层级的官员，竟然还要通过自相残杀的方式来争夺家业。

　　至元二十六年（1289），还在江西宣慰使任上的胡颐孙向朝廷提议，江西方面拟参照此前色目官员沙不丁经营海外贸易的先例，向朝廷申请至元钞一千锭作为本金，成立官营的行泉府司，作为本省参与海外贸易管理和营运的机构，利息则为每年从海外贸易中抽分获得的奇珍异物。此议得到朝廷批准，毫无疑问，胡颐孙也顺势成为这个新成立机构第一任官员的不二人选。很快，他就摇身一变，从江西宣慰使变成了泉府大卿、行泉府司事。朝廷还遥授其江西行省参知政事强化其地位。

按说，各道宣慰使本身就是从二品之职，泉府大卿、参知政事与之平级，胡颐孙算是"平调"而不是高升。但宣慰使的职责主要在与该行省偏远地区的州郡乃至山区蛮獠打交道，抚慰这些影响统治稳定的潜在群体，职责虽重，但油水很少，一旦措置不当，轻则丢掉乌纱帽，重则性命不保。

泉府之责就完全不同了。《周礼》之中，司徒下属有泉府，专门负责国家税收、调节物价的工作。元朝借此官名，建立所谓泉府司，意在通过"理财"调控国家经济，增长国家财富。尽管此举原意是斡脱商人们替贵族敛财的同时，为自己肥利，但在忽必烈时代，多少还是有促进经济发展的积极作用。理财大臣桑哥主政前夕的至元二十三年（1286），泉府司正式被赋予一项重大职能——接管海外贸易机构市舶司，由各地分支机构行泉府司具体管辖。至元二十五年（1288）四月，沙不丁、乌马儿就在江浙地区置镇抚司、海船千户所、市舶提举司，具体掌管该地的对外贸易工作。或许是从中嗅到了"商机"，半年后，江西行省也由胡颐孙提出了设立行泉府司的建议，迅速组建了自己的经营机构。

胡颐孙何许人也？周密在他的《志雅堂杂钞》中提到，他曾在胡颐孙家里看到过一面透光镜，"透影极分明"。周密说，这种做工如此精细的透光镜，他只在沈括的《梦溪笔谈》中见过记载。[1]类似的记载还有不少，如范长寿的《西域图》，展子虔的《游春图》，胡颐孙都曾收藏过，可以证明胡颐孙的家境并不穷。

然而，一位如此位高权重、家资不菲的人，为何十几年后竟然成了杀害兄弟的元凶之一？该案案发于胡颐孙任江西行省参知政事期间，但具体于何时已经无从考证，大概在大德元年（1297）前后。案件始末则比较详细地见于《元史》和《元典章》。

螟蛉之子

原来，胡颐孙本姓张，有个兄弟叫张珪，大概在家族中排行第八，又叫张八。张珪案发时在某机构当提举官，虽然我们现在也无法搞清楚他的具体职事是什么，但从《元典章》的判词原文中可以看到，张珪与其兄一样，拿到的任命书是五品以上官员才会颁发的"宣命"。可以据此判断，张珪的官品也是在五品以上，虽未至公卿，也堪称一方大员。

张颐孙原本的家境可能不甚富余，因此，老张家也像其他很多江南地区贫苦人家一样，将自己众多儿子中的一个过继或卖与他人。张颐孙就这样到了新淦富人胡制机家当了义子，改姓了胡。胡制机收养胡颐孙时，膝下无子，因此大概没少尽心培养这个义子，最终通过某些手段，让他逐步当上了江西宣慰使。

　　在这个过程中，胡制机的亲生儿子出世了。虽然无法得知这位被杀的亲生子的具体信息，但可以从他被杀时的称谓"胡总管"来推知一二。元朝被称为总管的官基本为三四品官员，胡家是南人，在元朝大概不会是"大根脚"家庭，所以胡总管的升官速度，应当是与胡颐孙差不多的。也就是说，胡制机很可能在收养胡颐孙不久之后，就有了自己的亲生儿子。二人有一定年龄差，但不会太大，在案发前，胡颐孙与胡总管之间的官品不致相差太多。

　　案发经过本身不算复杂。胡颐孙和他的本家兄弟张珪都是有身份的人，不可能自己亲自下场，只能买凶杀人，但张珪去了现场。他带着雇佣的两个杀手王庭、罗铁三，于某个月黑风高之夜潜入胡总管家里，将胡总管杀死。随同前往杀人的还有熊瑞、谢贵先二人，他们没有动手杀人，而是和王庭、罗铁三一起执把器杖闯入胡总管家，属于"从而不加功"的帮助犯。所谓"从而不加功"，是指虽作为共犯案件中的从犯，但对犯罪实害结果没有施加关键作用的意思。非常蹊跷的是，这些杀人犯并非翻墙入室，而是大摇大摆从正门进入胡家。这两位"从而不加功"的帮助犯，一个拿着钥匙开门，另一个则拿着火把照明，似乎完全不惧怕胡总管或者其家里人发觉。最后的结果，自然是胡总管被杀害了，胡家的家财落入了胡颐孙手中。

如此大的命案，胡颐孙、张珪似乎志在必得，很多作案细节上并未做特别的处理。除了明火执仗地杀人外，胡颐孙等人还犯了一个致命"错误"，即没有杀死胡家的其他人，包括胡总管的妻儿，这为他此后的败露埋下伏笔。胡颐孙买通了当地的官吏，特别是一线办案的县吏，很快就将自己置身事外。

杀弟案发

但纸终究包不住火。胡总管有一个仆人叫胡忠，大概知道案件真相，不知道使用了什么方法，竟得以逃出胡颐孙的势力范围，一路赴大都御史台称冤，最终顺利将该案大白于天下，震惊了朝廷高层。在时任御史中丞董士选的主持下，监察机关介入了这一案件，最终将胡颐孙、张珪等人绳之以法。

御史台介入刑事案件，是元朝法律赋予监察机关的一项职权。在元朝，监察机关的基本职能是监督纠察百官，尤其是检举官吏涉及贪污渎职的犯罪。但是，在涉及职官犯罪的案件中，处于劣势社会地位的百姓往往很难伸张自己的合法权益，只能对官吏的欺压忍气吞声。对此，元朝在制度设计上就赋予监察机关受理百姓控告官吏不法犯罪的权利，百姓如对地方官府的审断结果不满，或发现地方官之间存在贪污渎职行为，可以向各级监察机关发起控诉。理论上，胡忠应该先到地方廉访司或江南行台去控诉胡颐孙，大概是因为地方监察机关已经被胡颐孙的势力所覆盖，也就是董士选所说的"贿遍中外，势援盘结"，[2] 胡忠最后才不得已远赴大都御史台称冤。

关于此案，日本学者植松正认为这是一个纯粹的刑事案件，没有掺杂其他政治斗争成分。我们姑且以这个立论为前提，来看一看案件的审判结果。需要提前说明的是，元朝虽然没有颁行自己的法典，只有准法典性质的《大元通制》《至正条格》等法律汇编，但其司法中主要贯彻的法律原则及所比依的先例，大部分仍然是《唐律》以来的汉法规定。

胡颐孙虽然没有亲自动手杀人，但在谋杀人罪中，"造意者虽不行，仍为首，雇人杀者亦同"，[3] 胡颐孙因买凶杀人而成为该案的主谋，他的本家兄弟张珪则因伙同参与策划犯罪，被确定为同谋共犯。本来，如果张珪只是同谋的话，可以作为"从而不加功"者减刑，但他亲自带着受雇的人前往犯罪现场，就不再仅仅是同谋共犯，同时也是主要实行犯之一。受雇的王庭、罗铁三作为真正持刀杀害胡总管的人，与胡总管的死亡结果直接存在因果关系，属于"加功"的正犯，因此与张珪一样，都要判处死刑。

熊瑞、谢贵先是真正"从而不加功"的帮助犯。这两个人只负责开门和照明，不曾下手，在谋杀人罪中属于"同谋，从而不加功"的情形。最后，他们被判处流放刑，并在流放役所配役三年。

胡颐孙霸占走的属于胡总管的房产、田地和其他财物应如何处置？从判词看，在朝廷做出最终审断时，这些家资已经被胡颐孙消耗不少，剩下仍在的财物则归还胡总管的妻儿。但问题在于，胡颐孙当初为何没有斩草除根，将胡总管举家杀害，以便全部霸占其家财，杜绝后患？这是十分令人费解的地方。另一个令人费解之处在于，胡制机原来到底遗留了多少财富给胡总管，才使得本来就很富裕的胡颐孙铤而走险，下杀心夺取这些家财？亦即，胡颐孙的作案动机到底有多强烈？

从吴澄给董士选撰写的《神道碑》看，胡颐孙最在意的似乎并非老胡家的财产，而是胡总管对他这个收养的长子的不满。站在董士选的角度，随着胡总管年龄日长，胡颐孙害怕自己不能"久专其家"，[4] 即长期控制胡家，于是伙同本家兄弟张珪杀害了胡总管。从这里的描述或可以看出，胡颐孙与胡总管之间应该产生了矛盾，胡颐孙虽为长子，但终究为外姓收养之人，随着胡总管年龄和地位日长，肯定不满于这位大哥来主宰家业。于是双方爆发了不见记载的冲突，这种冲突直接导致胡颐孙对胡总管下了杀心。也就是说，夺取家财只是胡颐孙杀害胡总管后的顺势举动，而非其作案的最初动机，其最初动机乃为与胡总管争夺胡家的地位与财产控制权。如果拿成吉思汗的长子术赤与次子察合台之间的矛盾相对照的话，胡颐孙杀害胡总管的心理就会显而易见。

事实上，如果从严格的证据链构建角度来看，胡颐孙杀弟案中的证据恐怕是不完整的。判词中明确提到，王庭、罗铁三杀害胡总管用的刀仗，原本放在一艘船上，后来撇入江中五六年了，再也寻找不到了。这一细节起码说明两点：其一、证物本身是不完整的，关键的凶器并未归案。其二、等到董士选介入此案的审理时，距离杀人时间已经过去了五六年，重新开棺验尸的可能性亦极为渺茫。也就是说，在对物证再次进行调查取证环节，董士选几乎无可着手。董士选能做的，就是反复推敲原有卷宗，审问涉案人员，这也是为什么判词中要反复提到"审录已招是实，别无冤抑"。[5]

一波三折

案件审理至此，本来就应该作结案处理了。但好巧不巧，就在临近结案前夕，成宗皇帝颁降了赦书。一般来说，皇帝颁布赦书是需要满足一定条件或具备合理理由的。常见的赦书有基于登基、改国号、改年号、立太子、立皇后、立宰相等重大国事活动颁降的大赦天下诏，也有基于某些天灾人祸、皇帝降诏罪己时颁降的赦诏。元朝赦书中还有一个突出因素，即因宗教人士祈福"做好事"而颁降，此举导致元朝经常滥颁赦书，不法分子利用这一特点迁延案件，等候赦书颁降而获得免罪特权。

在案件审理接近尾声时接到皇帝颁降的赦书，可以想象当时的办案人员内心有多么不甘和无奈。赦书规定，除了拿钱财贿赂内外官吏的犯罪外，其他与此相关的犯罪，即使已经招供了的，也要根据诏书赦免无罪。在判词中，赦书是用元代独有的硬译体公文写成的，没有经过任何文言辞藻润色，可以想象，它的颁降应该是比较仓促的。赦免的对象也与我们看到的其他赦书不太一样，是对贪污贿赂相关罪犯的特别赦免。这就不得不令人多打一个问号，这份赦书的突然出现，是否带有某些不可告人的特定目的？

检索主流元代史料，已经很难再看到对这份赦书的具体记载。它到底为谁发布的，现在也很难说清楚了。可以肯定的是，这份赦书对胡颐孙而言是利好的。胡颐孙曾经贿赂过办案人员，且几乎可以断定，贿赂行为不会是他本人出面，甚至于回到当时的历史场景中，不管是朝廷君臣还是董士选，抑或在江西办案的一线人员，谁也无法百分百确证胡颐孙有过行贿举止。那么，根据赦书规定，胡颐孙就有了被无罪释放的潜在可能。

这大概也成了胡颐孙的抗辩理由。但董士选似乎并不打算放过他。在御史台督办此案的他赶紧找到成宗皇帝，直截了当地告诉他，胡参政"不该免"，并把案件始末以及量刑建议全部向皇帝做了汇报。

这是一次生动的对话，史料的记载，全文几乎是口语化的表达。董士选首先将案件摘选精要地告诉成宗皇帝，说胡参政是胡家的养子，凭借"胡家的气力"，做到了参政的位置，却恩将仇报，伙同张珪杀了胡总管。董士选处处用的"贼人"，"要了钞和银子"等措辞，无疑给了成宗皇帝强烈暗示。果不其然，成宗皇帝听后，当即表态要将这两个人

"敲了"。[6]

　　"敲了"，就是处死的意思。随后董士选进一步说明对熊瑞、谢贵先的处理，因他们"和贼每一处入去来，不曾下手"，因此只处流远配役。至于被胡颐孙霸占的胡家财产，董士选提出将这些"房舍、人口、田产、财物应有的物件，胡总管的媳妇、孩儿根底分付与者"。成宗皇帝一一答应了。直到此时，董士选才表明心迹，告诉成宗皇帝，这个案子与一般的行贿受贿案不同，它属于"人命的勾当"，如果审复无冤，就要"依着札撒里入去呵"。这是蒙元公文硬译体表达方式之一，大意是说依法处死，不能像赦书里规定的那样"释免了也"。成宗皇帝也答应了。最后，董士选才轻描淡写地说还有"一件未完的小勾当"，杀人凶器找不到了。[7]连这种小细节都要奏报皇帝，董士选无非就是想求得一个豁免权，万一以后有人以证据链不完整质疑该案，可以将责任推给皇帝。当然，成宗皇帝本人不一定会意识到官员们的"良苦用心"。

　　最终，案件全部审断建议获得皇帝亲自批准，不再适用此前颁降的赦书，案件中的细节瑕疵也经奏报皇帝而获得豁免特权，胡颐孙杀弟一案因此被"办成铁案"。胡颐孙、张珪、王庭、罗铁三四人被处死刑，熊瑞、谢贵先两人被处流放刑并配役三年。

严格来讲，胡颐孙杀弟一案办得并不是非常符合元朝的常规司法流程，最终推动其解决的，是来自监察的力量——御史中丞董士选以及作为最高权威的皇帝，由此也可以看出，要想在封建社会中对特权人物施加所谓"正义"的法律，难度何等之高。案件得到推动，是许多偶然的因素，如仆人胡忠的成功控诉、董士选的积极伸张，乃至更多已经于史无征的力量博弈交织的结果。惨死的胡总管最终也没有在历史上留下名讳，一如众多寂寂无名的历史过客一样，但他的案件存留至今，反而给我们了解认识当时社会提供了不可或缺的一笔。某种意义上，他就还活着。

1 （宋）周密著：《癸辛杂识》，中华书局，1988 年，第 196 页。

2 （元）吴澄撰，李军校点：《吴文正集》，北京大学出版社，2024 年，第 981 页。

3 刘俊文撰：《唐律疏议笺解》，中华书局，1996 年，第 1273 页。

4 《吴文正集》，第 981 页。

5 《元典章》，第 1395 页。

6 《元典章》，第 1394 页。

7 《元典章》，第 1394—1395 页。

人伦大恶

——北宋陈世儒谋杀亲母案

赵进华

两宋政治清明，社会长期稳定，当时士大夫重家法、崇人伦，留下了不少传世佳话。然而，就是在这样严整肃穆的时代背景下，仍然有不和谐的景象产生，各种"闺门不睦""闺门不肃"的人伦惨剧屡屡冲击着世人的三观，也折射出人性的复杂和幽微难测。北宋元丰初年发生的陈世儒狱便因案情的惊世骇俗而广为世人所知，不啻为今人了解宋朝司法制度、政治生态的一面镜子。[1]

狱出闺门

元丰元年（1078）六月，一则消息引爆了大宋汴梁的官场内外——前宰相陈执中之子陈世儒（又作陈士儒）谋杀亲母，被婢女告发。案件甚至引起了当朝天子的关注，是月二十九日"诏开封府鞫之"。一场政坛地震由此拉开序幕。

涉案当事人陈世儒出身名宦之家，其祖陈恕、其父陈执中皆曾致位宰辅、谋谟庙堂，为北宋政坛上的重量级人物。尤其是陈执中，虽屡遭政敌攻击"不学亡术"，却深得仁宗皇帝信任，两度拜相，权倾一时。含着金钥匙出生的陈世儒凭借父祖余荫，年纪轻轻即担任国子博士。国子博士，宋初至元丰改制前无职守，为文官迁转官阶，可见只是一闲曹。不过，这对于资质平庸、素无雄心壮志的陈世儒来说，未尝不是一桩好事。可世事难料，朝廷的委任状发下来，却是要他出任舒州太湖县知县。他虽百般不愿，但皇命难违，辗转反侧之下，一个邪恶的念头从脑海中滋生出来。

世儒的生母张氏本是陈执中的姜室，执中在世时，张氏恃宠而骄，欺上凌下，屡次酿成人命案，造成恶劣的社会影响。至和元年（1054）十二月，陈家一名唤迎儿的婢女被捶挞致死。当时有两种说法，"一云执中亲行杖楚，以致毙踣，一云壁姜阿张酷虐，用他物殴杀"。[2] 仁宗不欲加罪，奈何弹章如雪片般飞来，不得已罢免了执中的相位。

嘉祐四年（1059）四月，执中去世，执中正妻谢氏因不堪张氏的长期凌篾，"具奏乞度为尼"，[3] 仁宗批复同意。

那么，当时张氏去向如何？《续资治通鉴长编》在元丰二年（1079）九月丁丑条下追记道："未久而执中死，诏张氏为尼。世儒既长，迎归。"[4]这恐怕是史家错把谢氏之事移到张氏身上并想当然地推测。因为，作为宅斗的胜出者，张氏最大的可能就是继续留在陈家，并以主母的身份养育幼子、操持家业。相反，若执中的妻、妾在其身后双双出家，又皆获得皇家恩准，年幼的世儒由何人鞠养？此岂在情理之中？况且，史家在记录谢氏出家事时为何不一并记录张氏出家事？

世儒成年之后，娶了龙图阁直学士李中师的女儿。可是，世儒夫妇对张氏并不孝顺，两代人龃龉不断。待到世儒就任太湖县知县，因为讨厌做外官而想方设法回京，竟然通过李氏之口向家中婢女们暗示："博士一旦持丧那一天，你们都会得到厚厚的奖赏。"史籍中还有一种说法，认为谋杀是婆媳交恶引发的李氏的单方面行为，世儒其实并未参与。不论真相如何，总而言之，婢女们在女主人的鼓励和利益诱惑下，联手向张氏下毒。或许是毒性不强的缘故，张氏一时半刻竟然不死，群婢一不做二不休，一拥而上，拿一枚长钉残忍钉入了张氏的天灵盖，[5]而后伪装成正常死亡。

在张氏被害一案中，世儒和李氏到底谁为主导？背后是否另有隐情？材料有限，今天我们殊难断定。可以肯定的是，生母亡故，世儒有了丁忧去官的正当理由，由此回到京师，也算机关算尽。然而，纸终究包不住火。陈家一婢女因遭世儒责打而出逃，为报复以及求自保，竟然跑到开封府揭发世儒夫妇谋害尊属事。案件性质恶劣，且事涉故相之家，开封府不敢造次，紧急奏报皇帝，于是有了神宗要求开封府审理的指令。

命案难断

虽然得到皇帝的授权，面对这只烫手的山芋，时任开封府知府苏颂还是感到了压力巨大。当然，作为一府主官的苏颂不必亲自审理该案，自有一套现成的审理流程。按照当时鞫谳分司的制度要求，开封府受理的刑事案件先由左右军巡院推勘事实，继而由法曹参军检法定罪，再由府中判官、推官决断，最后呈送知府签押盖印。

在陈世儒狱的推勘环节，开封府军巡院有意将太湖县药行老板拘来讯问，以证实购买毒药一事，苏颂认为此事并非案件的关键，况且路途遥远，就指示免于追捕。苏颂这样做当然也于法有据，真宗天禧二年（1018）二月曾有诏："军巡院所勘罪人，如有通指合要干证人，并具姓名、人数及所支证事状申府勾追。"[6] 可见，是否要拘传证人，知府有最终决定权。不过，这还是给别有用心之人留下了攻击的口实。

该案的争议焦点在于，世儒对于妻子和婢女谋害张氏一事是否知情？再者，世儒妻李氏并没有明确命令婢女杀害张氏，其行为性质又当如何认定？一番审理下来，开封府法曹认为世儒夫妇并未直接参与杀害张氏，依法不当论死。审理意见报给大理寺却被驳回。这时有人传言，说苏颂有意偏袒世儒夫妇，流言甚至传到了皇帝耳中。神宗特意召见苏颂，询问案件进展情况，并严厉指示："此案实属人伦大恶，一定要查到水落石出，不可放纵有罪之人。"苏颂自辩道："案件自有府中法曹负责审理，臣不敢要求他们轻判，也不敢要求他们重判。"案件于是陷入了审理的泥沼，直到十一月苏颂因孙纯案出而被外放，仍然没有实质性进展。

案件久拖不决让皇帝和群臣对开封府的立场和工作能力产生了怀疑，转过年来的正月，在御史黄廉的建议下，神宗指示世儒一案改由大理寺审理。宋朝大理寺的职权虽较唐朝有所缩小，但在名义上仍然保留了最高审判机关的地位，而且实践中常有"被旨推鞫"的情况。大理寺接手之后，一方面继续探查论证世儒夫妇在整起案件中的作用，另一方面又针对以苏颂为首的开封府原审判团队的职务行为公正性启动了调查。案件的性质由此升级，并且变得更加复杂，以致几个月下来仍没有结论。于是，神宗指令御史黄颜参与并监督审案，后又指派大理少卿寒周辅和大理寺丞叶武、贾种民加入，从而进一步增强了审判力量。与此同时，神宗还专门发出了一份手诏，催促审判组尽快结案。

在皇帝的高度重视下，审判组加班加点，以求结案，孰料在最后的录问环节出了问题，李氏当场称冤，不肯伏法。按照宋法，被告称冤，则必须启动重新审理，此为翻异别勘之制。于是，五月十三日，神宗又指令司勋郎中李立之、太常博士路昌衡重审该案。《宋史·路昌衡传》记："参鞫陈世儒狱，逮治苛峻，至士大夫及命妇，皆不免。"[7]可见，非司法系统官员临时受命，参与重要刑案的审理，不因临时工的身份而敷衍塞责，倒是勤勉办差，甚至用力过度，这也是宋朝司法制度的一大特色。

七月，朝廷指令开封府检校陈世儒家产，此当为保护世儒未成年子女的财产权益而采取的必要措施（说来也巧，世儒岳父李中师曾于庆历八年主管开封府检校库）。此外，案件审理过程中是否存在因缘请托关乎朝廷风纪，不可不查。八月十七日，神宗又做出专门指示，将该事移送朝廷的纪检监察机关御史台审理，至此，诏狱的面目一览无遗。

经过长达一年多的审理，这件人伦大案终于在元丰二年九月落下帷幕。大理寺、御史台给出的结论是：凶案的下手者虽为群婢，背后主使者实为世儒夫妇，二人的弒亲行为构成十恶中的恶逆重罪。

在这一基本认定的基础上，朝廷就如何处置该案多名被告做出了决定：陈世儒和妻李氏以及参与杀害张氏的婢女高、张等十九人一并被判处死刑。其中，高姓婢女在杀人过程中最为积极，所以当凌迟处死；世儒妻李氏则被杖死；至于参与程度不深的单姓婢女等七人被免去死刑，以杖脊代替，并分送湖南、广南、京西路编管。

据说，神宗感念陈执中乃先朝耆旧，有意留世儒一条活命，并就此征求朝中大臣的意见："执中只此一子，留以存祭祀何如？"但参知政事蔡确坚持依法处刑（王明清《挥麈后录》中记载蔡确之父黄裳与陈执中曾有夙怨，若此说属实，则蔡确有公报私仇的嫌疑），神宗只得依从，陈世儒终究为自己的处心积虑、逆伦犯上付出生命的代价。

法吏弄权

宋朝士大夫为巩固其政治和社会地位，通过婚姻、同年、同乡等关系，建立起错综复杂的交谊网络，形成实质性的利益共同体。陈世儒的婚姻无疑体现了陈、李两家的政治联盟，而李氏之母吕氏则出自北宋最富名望的吕氏家族，其祖吕夷简，其父吕公绰，其叔父吕公著、吕公弼等人，都是当时政坛上举足轻重的人物。至于吕公著和苏颂，二人既同为庆历二年（1042）进士，又是姻亲（苏颂的长妹嫁给吕氏族人吕昌绪），吕公著卒后，苏颂写诗哀悼："自叹羁屯世少同，平生知己莫如公。"[8] 可见二人私交甚笃。正是在这样的关系网络中，一起单纯的命案变得复杂起来。

罪案发生时，李氏之父李中师已经谢世，虽然他曾于熙宁八年（1075）"权发遣开封府"，但人走茶凉，李氏已失去最直接的靠山。待到东窗事发，李氏不得不向母族发出求援的信号。她派人紧急传话给其母吕氏："幸告端明公，为祝苏尹，得即讯于家。"[9] 端明公指的是吕公著，时为端明殿学士兼翰林侍读学士。之所以向吕公著求助，固然是因为他位高权重、圣眷正隆，而且与开封府主官苏颂有交谊，同时还有一重要的因素。据《吕公弼墓志铭》："开封自文靖公号称善治，而公兄弟三人相继皆有声，世以为美谈。"[10] "文靖"是吕夷简的谥号，这段话是说自从吕夷简担任开封府知府之后，公绰、公著、公弼兄弟三人也先后担任该职（若考虑到元祐年间吕公孺亦知开封府，是兄弟四人），而且都把开封府治理得很好，可见，开封府实为吕家的势力范围。吕氏救女心切，连夜登门向叔父吕公著求助，请求公著代为向苏颂说项，怎知被公著一口回绝。公著严词警告道："相州狱的教训还不深刻吗？妨碍司法之事绝不可为！"吕氏涕泣而退。

吕公著虽然爱惜羽毛，拒绝干预司法，怎奈官场倾轧，不容他置身事外。案件移送到大理寺后，具体负责案件审理的大理寺丞贾种民（名臣贾黄中之孙）有心把动静搞大，便篡改了李氏母女的供述和证词，炮制出吕公著应允帮忙的情节，而且把公著的儿子希绩、希纯、侄子希亚以及陈世儒的连襟晏靖都攀扯进来。案情报告提交后，神宗表示不认可，对身边大臣说："吕公著不会做出这样的事情。"于是才有黄颜监勘的安排。元丰二年五月，吕公著就任枢密副使，进入宰执大臣的行列。贾种民竟然不惮于冒犯枢密之尊，来到枢密院和吕府，当面与吕公著对质，并讯问公著的家人和婢仆，甚至以用刑相威胁。其后黄颜托疾而去，皇帝又指令御史何正臣监讯，史载"正臣至大理而狱益炽"，可见何正臣空有其名，实为险人。

待到御史台接手案件，局势进一步升级，吕公著的女婿邵籲及吕家的两个婢女被逮捕问讯，吕公著只得闭门待罪，静候朝廷的处理。一直到元丰三年（1080）四月案情大白，在皇帝的再三敦促下，吕公著方才回到枢密院治事。

与吕公著相比，苏颂受陈世儒狱的牵连更深，遭遇更为不堪。案件由开封府转到大理寺后，主审官员（以贾种民为代表）坚持认定苏颂受了吕公著的请托而故出世儒夫妇之罪，为此不惜篡改狱词。此时的苏颂正在知濠州的任上，为此，朝廷派出御史赴濠州审问苏颂，后来干脆把苏颂押回京师并投入御史台狱。在审讯过程中，御史对苏颂劝诱威胁道："苏公素称长者，一定是因同僚情谊不忍拒绝请托，您自己交待吧，否则须不好看。"压力之下，苏颂只得手书数百言以自诬。幸而神宗并不糊涂，看了苏颂的供词仍觉有疑，便要求御史台彻查，于是发现了贾种民增减狱词的内幕。徇私枉法的污名虽然洗去，还是有人指出苏颂曾在案件审理期间对同僚谈起该案的案情，涉嫌泄露司法机密，为示惩戒，朝廷免去了他的知濠州一职。

　　苏颂之外，其他主动或被动卷入吕氏请托案的多名当事人受到处分，如群牧判官庞元英送审官院，而大理评事吕希亚和赞善大夫晏靖则被免职。至于作为案件主办方的多名司法官，亦受到不同程度的惩处，在案件办理过程中充当急先锋角色的贾种民因操弄司法、凌辱大臣受到御史台的弹劾，最终被夺职，大理寺卿崔台符、少卿杨汲、御史何正臣则因"不举察"而被罚铜。

余　论

　　陈世儒狱引起的官场震荡表面上看是个别官员假公济私、耀武扬威所致，实则是熙、丰年间的大变法所引发朋党之争的矛盾激化。马端临指出："诏狱盛于熙丰之间，盖柄国之权臣藉此以威缙绅……陈世儒之狱，则贾种民欲文致世儒妻母吕以倾吕公著。"[11] 盖贾种民之流不过是马前卒，背后的实际推动者应为以蔡确为首的变法派。元丰初年，王安石虽已罢相，然变法派与反对派的争斗仍然激烈。蔡确作为在朝变法派的代表，利用狱案打击反对派领袖吕公著，是"路线之争"引发的人事迫害。

　　至于苏颂，或许的确因亲故之情而意存姑息，以致招祸上身。若果真如此，身陷缧绁也不算冤枉了。在人生的"至暗时刻"，苏颂以沉痛的笔调写出仕宦之艰："推治无期任猛宽，苟留累月尚盘桓。风霜几日经摧挫，案牍逾旬未省观。失势我如鱼在网，操权吏甚虎而冠。南班小吏犹知礼，朝夕时来一问安。"[12] 从中，我们或可窥见这位名臣曲折幽微的心路历程。

1　关于陈世儒狱之详细记载，可见李焘《续资治通鉴长编》卷290至卷303相关条目，亦可参见曾肇、邹浩所撰苏颂的墓志铭、行状及《宋史》卷340《苏颂传》。

2　（宋）李焘：《续资治通鉴长编》，中华书局，1959年，第4296页。

3　《续资治通鉴长编》，第4563页。

4　《续资治通鉴长编》，第7301—7302页。

5　按，以铁钉杀人不始于陈世儒狱，据传东汉时已有其例，见《疑狱集》"严遵疑哭"。

6　刘琳等校点：《宋会要辑稿》，上海古籍出版社，2014年，第8424页。

7　（元）脱脱等：《宋史》，中华书局，1977年，第11158页。

8　（宋）苏颂著，王同策、管成学、颜中其等点校：《苏魏文公集》（上册），中华书局，1988年，第197页。

9　《续资治通鉴长编》，第7376页。

10　曾枣庄、刘琳主编：《全宋文》，上海辞书出版社、安徽教育出版社，2006年，第〇四〇册，第287页。

11　（元）马端临：《文献通考》，中华书局，1986年，第1449页。

12　《苏魏文公集》（上册），第128—129页。

法网之隙

"杀奸"悖论

——道光年间的衢州府豪强杀人案

郑小悠

　　清季礼法之争，是中国法律近代化转型中的一场关键性争论。在此期间，法理派主将、修订法律大臣沈家本撰写了一篇与礼教派论战的力作——《论杀死奸夫》，试图从法律自身的逻辑出发，用法律专家的职业眼光，重新审视国家制裁与道德教化、国家主义与家族主义之间的关系，追求法律的内在一致性。

　　文章的论证建立在《大清律例》奸罪相关规定之上，主要集中于刑律之人命、犯奸、捕亡各款目内，尤以《刑律·人命·杀死奸夫》条目下"凡妻妾与人奸通，而（本夫）于奸所亲获，奸夫、奸妇登时杀死者勿论。若止杀死奸夫者，奸妇依（和奸）律断罪，当官嫁卖，身价入官"[1]一则为出发点。沈家本从义、序、礼、情、政治、风俗、民生七个角度批判杀奸勿论律条，意在将其废止。他论及"关乎民生"观点时提到，在民间，杀人偿命的观念深入人心，而本夫杀死奸夫竟然可以"勿论"，即不用承担法律责任，由此人心趋利、情伪迭出，"更有因他事杀人，并杀妻以求免罪者，自此例行，而世之死于非命者不知凡几，其冤死者亦比比也"。[2]

沈家本任官刑部数十年，谳狱经验极为丰富，下此断语当属言之有据，绝非空穴来风。笔者查阅清代刑名档案及相关文献时，也多次看到由杀奸律文幻化出的撒诈捣虚、惨相凶情，即如道光初年浙江衢州府江山县黄六狗被戕一案，便是沈家本断语的真实写照。

缙绅捉奸杀无赖

单从浙江巡抚题本的叙述来看，黄六狗一案的情节及审讯过程并不复杂。江山县有黄姓大族，人口众多，比邻聚居。内有黄岳年、黄鹏年兄弟，均系缙绅，其中兄长黄岳年为监生，弟弟黄鹏年捐纳从九品官职，在籍候选。族内有一少年无赖，名叫黄六狗，论辈分，是岳年兄弟的无服族弟。嘉庆末年，他两度因小事与黄鹏年争执动手，被扭送县衙，施以杖、枷刑罚，因此衔恨切齿。道光四年（1824）五月，黄岳年到黄六狗家，与他的老父闲聊。黄六狗勾起旧怨，当即将其斥骂，随着黄岳年反唇相向，事态很快发展为拿刀动杖的互殴。受伤的黄岳年向县衙报案，已经进出班房轻车熟路的黄六狗却毫不在意，放出话说：吃官司不过再挨板子，出来后定不与他兄弟干休。

听说黄六狗意图报复，黄鹏年也不屑于再走官府路线，准备用计兼用狠，彻底让这个气焰嚣张的本家吃个大教训。很快，他找到一个叫黄庭粹的远房族侄，此人的妻子柴氏与黄六狗通奸多年。起先，做丈夫的贪图黄六狗财物，对奸情视若无睹。但近日黄六狗手头吃紧，再无东西送来，黄庭粹遂对他心生厌恶，只是碍于其人强横，不敢断然拒绝。黄鹏年深悉内情，于是打着帮黄庭粹出口恶气、驱逐奸夫的旗号，准备纠结人手，伺机到黄庭粹家"捉奸"。

五月二十五日晚，黄六狗毫无防范地来到黄庭粹家，准备与柴氏成其好事。按照约定，黄庭粹将这一消息报告给黄鹏年，黄鹏年立即邀约程文进、余葛俚、黄汝学三人，告以捉奸为名，将黄六狗狠狠殴打一顿。众人痛快答应，分别携带尖刀、铁尺等武器，气势汹汹，与黄庭粹一起奔其住所。倒是黄鹏年本人，怕被怨恨深重的黄六狗黑夜识破面孔，并没有随同前往。

及至门首，程文进、余葛俚在外守候，黄庭粹、黄汝学进院砸门呐喊。黄六狗惊起下床，准备从后门逃走。黄庭粹拾起一把柴刀，疾步追上，将黄六狗扭住后，连用刀背殴其手腕、肩胛、脊背等处。程文进、余葛俚随后赶到，用铁尺猛打黄六狗肋骨、两腿、膝盖，黄六狗吃痛之下试图夺刀反击，又被程、余二人连次砍伤。黄六狗体力不支，倒地叫骂，程文进用尖刀将他连戳三下，黄庭粹又割其发辫、伤其脑后，以泄积愤。一连串暴力打击后，四人各自散去，黄六狗伤重不治，次日一命呜呼。

江山县知县德豫接到地保禀报后，马上命仵作验看尸体，并提讯黄鹏年、程文进等人。按照清朝刑审流程，经过一系列提解、复审、具题、复核，道光六年（1826）三月，皇帝批准了三法司针对本案的核拟意见，按照《大清律例》"若同谋共殴人，因而致死者，以致命伤为重，下手者，绞。原谋者，杖一百、流三千里。余人，各杖一百"条文，将程文进确认为主犯，判绞监候；黄鹏年杖一百、流三千里；黄庭粹等各施杖刑。

浙东山乡的人情世故

从中国第一历史档案馆所存浙江巡抚题本与三法司议

覆题本的描述上看，³黄鹏年等人在由县到府、由府到司的解审过程中，供词忽认忽翻，前后并不一致，中间经历了按察司将原案打回，衢州府指派常山知县张祖基接替德豫审理此案的复杂波折。不过，清代刑案题本自有其删繁就简的行文格式，通常只呈现符合审讯结果的供词、看语，而不描述过程中出现的枝节与反复——这样的写作套路，使题本通篇逻辑自洽，情罪相符，可以有效减少皇帝、刑部对案件审理漏洞的驳诘可能。

有趣的是，这件在题本中波澜不惊、言之凿凿的群殴致人死亡案，还留下了可与之对应的私家史料。张祖基，也就是犯人府审翻供后接续承审的常山知县，他留有一部名叫《宦海闻见录》的笔记，所记或大小官吏行止，或军国大事始末，或疑狱要案内情，或国计民生策对，俱系作者宦海生涯的亲历亲闻。书中有一则故事，冠以《黄彭年》标题。彭年，系鹏年之误，内容正是作者任职常山县时，跨境帮办的江山县黄六狗被杀案。关于本案，张祖基记道：

> 江山县黄彭年者，其父以武状元，曾任总戎，摄提军，其兄现官部郎。彭捐资得未入流，倚父兄之势，武断横行，人皆苦之。黄六狗者，彭爪牙也，狼狈为奸利。逢蒙艺既工，乃弯弓辄向羿。

刃伤彭胞兄鹤年，控官捕治未获。六狗与黄夫粹之妻素有奸，彭以洋三百元啖粹，使于奸所杀之，助以三佃人。粹乃偕佃往掩之，六狗逃，粹辈逐得之。佃人某手刃六狗十九处，立毙。县令德立斋豫讯得实，当彭原谋拟流，佃谋拟绞，鹤年控诸抚军，委余赴江会讯。

提讯彭，彭辩曰："六狗与粹妻有奸三年矣，革员如嘱使捉奸，胡必俟诸三年后乎？"余曰："久闻江山讼棍尔为巨擘，何所见不逮所闻也？试即以尔言诘尔。六狗与粹妻通奸三年矣，如非尔嘱使捉奸，胡必俟诸三年后乎？"彭语塞。提讯鹤，鹤辩曰："粹之杀奸，固自行投首也。蝼蚁尚且贪生，粹非自欲杀奸，何所为而肯投首乎？"余曰："其所为之故，余知之久矣。余方欲诘诸尔，尔乃问之余乎？夫蝼蚁尚且贪生，投首果何所为乎？"鹤语塞。乃讯诸案犯，犯四人，半翻异。立斋退，余独熬讯之。日欲暮，立斋出询，余曰："尚未尚未。夫物极始反，俟全行翻异，则去供认不远耳。"二鼓，案犯大哄，呼号声震耳。余曰："此不能忍也。过此以往，当仍归故辙。"三鼓，果符原供。余则大怒，严讯翻异故，具得黄鹤年串嘱状。或啖以银钱，或诱以衣物，其串嘱之日则八月望前一日也。供既定，乃严谕鹤曰："此案尔弟本系主使，以死者非善类故，从宽仅坐以原谋。尔串嘱翻供，余均以讯得其实，而姑隐而不宣。尔如再行翻控，即将此层节添叙并办可耳。"鹤叩头流血，乃仍依原详招解。[4]

文中提到的人名，如黄彭年、黄鹤年、黄夫粹等，与题本所书鹏年、岳年、庭粹略有参差。盖因张祖基笔记系事后追述，细节处记忆不确，实系情理之中。而地方官署在全案信息掌握上具有较强的即时性与连贯性，题奏文书尤需反复核实，确认无误，故此类信息当以题本字眼为据。

不过，这篇文字透露出许多题本全未涉及的内幕信息。一开头，便指出黄鹏年是家世显赫、武断乡曲的一方劣绅。黄六狗原本是他的爪牙，后来反目成仇，以暴制暴，刃伤鹏年亲兄。鹏年恼羞成怒，遂有贿买、捉奸、殴杀之举，直接导致黄六狗死亡。与公文奏议的谨小慎微不同，私家记述的作者乐以博闻广识、利弊周知自见，往往能直揭案件背后的人事纠葛，给看腻了档案套话的研究者带来别样惊喜。

核对地方志、缙绅录等文献记载，可知黄鹏年家族世居江山县张村乡。其兄"现官部郎"者名黄遐年，荫生，道光初年任工部营缮司郎中。父名黄大谋，字圣筹，号石庵，乾隆十九年（1754）武进士，官至广东韶南镇总兵，署理广东提督，与张祖基所记的"曾任总戎，摄提军"信息相符。不过，张祖基所称武状元者，却不是黄大谋，而是其胞侄黄瑞。黄瑞是贵州石阡府经历黄大观之子，高中乾隆四十五（1780）年武科进士榜首，官至湖北宜昌镇总兵，与黄鹏年是同堂兄弟。

明清时期的浙东山区民风彪悍好勇，《广志绎》总结说："金、衢、严、处，丘陵险阻，是为山谷之民……山谷之民，石气所钟，猛烈骛愎，轻犯刑法，喜习俭素，然豪民颇负气，聚党与而傲缙绅。"[5] 江山县张村乡地处仙霞岭下，地势险峻，极具尚武之风。黄姓叔侄连续两代考中武进士，担任提镇高官，是县内首屈一指的豪族。在县志等地方文献中，黄大谋以轻财好义、聚揽宗族的儒将形象出现。史料称赞其"工诗"，为官时在京师倡建江山会馆，嘉庆四年（1799）休致后，又在家乡"置义娶田若干亩"，而"族今赖之"。凡此种种，足见黄大谋支系在张村黄姓大家族中的特殊地位。

史籍中的黄大谋、黄瑞叔侄官声尚好，但从黄鹏年的所作所为来看，这个显赫的武将世家，在教导子弟方面，显然难尽人意。黄六狗案发的道光初年，黄大谋、黄瑞均已故去，而凭借父兄余威，黄鹏年成为阶级叙事中常见的土豪劣绅——动辄将不惬己意的乡民送到官府用刑，又为除后患，置人死地。此外，他还兼有一层"讼棍"身份，即能熟练把握官府办案思路，利用家族影响与律例漏洞，在法与不法间游刃有余。

律条背后的官绅较量

从张祖基的记述中可以看到，黄六狗刃伤黄岳年并放出狠话后，黄鹏年就有了将其杀害的意图与计划，绝非只想殴打教训了事。不过，作为"讼棍"的黄鹏年深知，一旦坐实"凡有仇嫌，设计定谋而杀之"的谋杀造意之罪，自己就要面临斩立决极刑。因此，他事先采取二重规避办法，为案发脱罪留下后手。

首先，黄鹏年选择以"捉奸杀奸"为切入点，欲借黄庭粹之手，"合情合理"地杀死黄六狗。在传统时代，无论法律规定，还是道义人情，本夫捉奸，都具有高度正当性。《大清律例》载有明文："凡妻妾与人奸通，而（本夫）于奸所亲获，奸夫、奸妇登时杀死者勿论。"[6]不过，律例对"杀死者勿论"的前置条件要求较高，像黄庭粹这样有利可图时纵容奸情，受人唆使后改弦更张的本夫，如有捉奸杀奸之举，就不属于登时撞破、激于义忿的法律理想情态，不在"勿论"之列。

"杀死勿论"之外，黄鹏年还有退而求其次的自保办法。考虑到黄六狗勇猛强悍，非黄庭粹一人能敌，黄鹏年又纠集了程文进等三人，携带刀械同往制服。以亲属、熟人身份纠众捉奸，是传统社会乡村闲汉们最乐于参与的"执法"活动，无外乎倚仗道德优越感，宣泄压抑，施展暴力。譬如在该案中，身携利刃，对黄六狗打杀最凶狠的，并非长年蒙羞受辱的本夫黄庭粹，亦非庭粹近亲好友，而是与之无冤无仇，只身在本村务工的外乡人程文进、余葛俚。黄鹏年利用他们的隐微心理，蛊惑其踊跃向前，痛下狠手，自己不但不参与殴打，甚至连热闹也没有去看。

按照《大清律例》，凡定性为谋杀之案，均以主谋造意之人为首犯，而不论其是否致人死亡的实际执行者。相反，如果定性为"同谋共殴"致人死亡，则以下手致命者为首犯，提出倡议的"原谋"者视为胁从。从江山县初审结果看，黄鹏年取法乎上，得法乎中，案件被定为"殴杀"而非"谋杀"，程文进承担绞监候重刑，黄鹏年拟以流放。

即便如此，黄鹏年仍选择在府、司审讯阶段翻供，其兄岳年更是上控到巡抚衙门，希图争取"勿论"的更有利结果。按照清代司法惯例，经初审定拟招解的命案，如果被告人翻异供词、越级上控，则是对州县审官的严重挑衅行为。鹏年兄弟饱有诉讼经验，对此风险一定心知肚明。是以翻控背后，诸如向邻佑干证、办案吏胥"啖以银钱，诱以衣物"的贿买、串通、教供手段，都是必不可少的准备工作。

很快，案件被从省城打回，衢州知府随即调来刑名老手张祖基，接替江山知县德豫重审此案。张祖基二十岁即在山东候补知县，嘉道间大名鼎鼎的刑部尚书金光悌时任山东按察使，对他十分赏识，指派其进入办理全省钦重大案的发审局学习律例，"数月后片言折狱，老吏不及"。随后几十年，他又历任山东、浙江多县，以精于谳狱著称："举凡民间利弊无不兴革，至于听讼，是非曲直立刻处断，以故有'张青天'之称。"

对于黄鹏年这类武断乡曲、包揽词讼、睥睨父母官的跋扈巨绅，作为积年老县官的张祖基一定十分反感。他显而易见地站在初审同僚德豫一边，指斥鹏年兄弟刻意编造黄庭粹激愤"杀奸"谎言，对其翻供理由逐一驳诘。譬如黄鹏年提到：黄六狗与柴氏通奸长达三年，如果是我唆使黄庭粹捉奸杀奸，何必等到三年以后？张祖基当即反驳：妻子通奸三年，正是丈夫睁一眼闭一眼的结果，如果不是受你唆使，怎么会骤然激怒，生起杀奸之心？黄岳年说：黄庭粹知道杀死奸夫可以"勿论"，才敢到官府自首，如系预谋殴杀，必然罹获重罪，岂有自首之理？张祖基针锋相对，指出黄庭粹之所以投案，自然是与鹏年事先约定，刻意制造捉奸杀奸场景，用以蒙蔽官府。

经过张祖基连夜熬审，黄岳年等人心理崩溃，不得已承认串嘱翻供情节，案件重新回到"原供"状态上去。为避免再生变故，张祖基又直指要害说："此案尔弟本系主使，以死者非善类故，从宽仅坐以原谋。"意思是初审所定"同谋共殴杀人"，对黄鹏年已是笔下超生，格外容情。如果你们以为县官可欺，执意控告，上宪难保不将罪名改定"谋杀"，到时机关算尽，祸由自取，可就怨不得别人。鹏年兄弟既被点破机心，再不敢妄生枝节，后续审理均如前供，直到三法司题覆，皇帝朱笔定谳为止。

与那些京控连年、蒸骨三验、星使频出、官帽落地的纷扰大案相比，黄六狗被戕一案显得毫无存在感。它以题本形式完结，对于地方官拟定的判决意见，以刑部为首的三法司没有提出任何异议，是以这份文件只会被安排在皇帝精力不济的下午呈上，当作最普通的刑钱庶政略加寓目。从题本所叙两造供招及各级审官看语来看，案情严丝合缝，供词众口如一，审断逻辑毫无蹭蹬之处。稍稍可议的，只有"旋该县审拟，由府解司提讯，犯供翻异，发回该府，饬委常山县知县张祖基，审系畏罪狡翻”一句，但其细节尚未呈现，便笔锋一转，以巡抚口吻做出“臣随提犯亲鞫，据供前情不讳”论断。

将此一处模棱表述与亲历者的私家记录相互核实，就会发现，这样一桩偏隅个案，也堪称别有洞天：不但案中关键人物如黄鹏年等的身份不同寻常，那些隐匿在司法流程背后的宗族秩序、性别伦理、官绅矛盾、法律漏洞与刑审技巧，种种问题都渐次浮出水面，绝非公文故套所能掩盖。

事实上，相比于钦重大案背后复杂的政治缠斗，常规刑案往往更具有时代典型价值，只是苦于材料所限，难以获得深挖机会。以本案的起因、结果、社会土壤、世态人情，对照近百年后沈家本之于“杀死奸夫”问题的评述，即会对此有更加深刻的认识。

1 《大清律例通考校注》，第 780 页。

2 沈家本：《寄簃文存卷二》，邓经元、骈宇骞点校：《历代刑法考（四）》，中华书局，2006 年，第 2086 页。

3 见中国第一历史档案馆藏题本，档号：02-01-007-029157-0017，题名：题为审理江山县民程文进等因屡经控告结怨伤毙黄六狗一案依律分别定拟请旨事，道光五年十月初三日；题本（原件破损），档号：02-01-07-2904-013，题名：题为浙江江山县民程文进听从黄鹏年纠殴致伤通奸之黄六狗身死议准绞监候事，道光六年三月十九日。

4 《宦海闻见录》，第 144—147 页。

5 （明）王士性：《广志绎》卷 4《江南诸省》，中华书局，1981 年，第 68 页。

6 《大清律例通考校注》，第 780 页。

涂如松杀妻案

史志强

雍正十二年（1734）底，牵动湖北官场上下的涂如松杀妻案终于要落下帷幕。[1] 麻城县民涂如松杀死妻子涂杨氏并抛尸，历经四年之久，终于由湖北巡抚杨鉝题奏皇帝，建议将为涂如松出谋划策改换尸体的蔡灿斩立决，涂如松绞监候。就在大家等待皇帝的最终裁决时，雍正十三年（1735）七月二十四日，新任麻城县知县陈鼎发现涂杨氏依然健在，就藏在她兄长杨五荣家中。这场"湖北第一奇案"，在当时"虽穷乡僻壤黄童白叟无不知之"，前后数任官员因此去职。

案　发

雍正八年（1730）正月十三日，涂杨氏回娘家省亲，二十四日由其兄长杨五荣送回。当天夜里，涂如松就声称妻子失踪，发动亲戚邻居一同寻找。而杨五荣则认为是涂如松杀妻之后贼喊捉贼。由于杨氏尸体一直没有找到，加之涂母许氏到省城申冤，涂如松最终被释放。

清代对于地方官审理各类案件规定了严格的期限，普通的杀人案件，要在六个月内完成州县—府—臬司—督抚四级审理程序并上报皇帝。本案迁延日久，雍正八年十月，麻城县令杨思溥因此去职，由汤应求接任。汤应求乡试中举之后经过吏部的拣选在咸宁县协助修堤，这次终于有机会放了实缺。

为了避免重蹈杨思溥的覆辙，他从两方面出手以求尽快了结此案。一方面，背后为杨五荣出谋划策的是杨同范和刘存鲁，他们都是生员（即秀才，通过院试取得官学入学资格的读书人），汤应求援引清律关于生员"代人具告作证"[2]的规定，提请革去二人功名。另一方面，汤应求以二十两悬赏涂杨氏的线索。当时县令的薪俸大约四十五两，雍正年间火耗归公后，其主要收入是养廉银，大约在一千四百两以上。但这些收入还需要支付胥吏、幕友的报酬和不时的各种摊捐，所剩无几，因此二十两对于汤应求来说也不是一个小数目。

之后杨氏依然杳无踪迹。不料雍正九年（1731）五月二十三日，流浪狗在麻城县赵家河沙滩上扒出来一具骸骨，皮肉无存。一直心怀不满的杨五荣认为这就是涂杨氏的尸骨，遂去省城上告。清代没有今天的 DNA 技术可以鉴别身份，故黄州知府批示首先要确认尸骨性别，如果确系女尸，那么应当按照《洗冤录》所载滴骨验亲之法，确认亲缘关系。涂杨氏母亲朱氏健在，"先令朱氏刺血滴骨，倘沁入，再令涂如松滴血"，若都沁入则为涂杨氏无疑。《洗冤录》即宋代法医宋慈所作《洗冤集录》，被认为是世界上第一部系统的法医学著作，在明清之际已经广泛流行。清代在雍正六年（1728）确立了仵作制度，每一州县都配有数名仵作，并"各给《洗冤录》一本"。《洗冤录》中关于滴骨验亲，记载如下：

> 检滴骨亲法，谓如：某甲是父或母，有骸骨在，某乙来认亲生男或女，何以验之？试令某乙就身刺一两点血，滴骸骨上，是亲生则血沁入骨内，否则不入。俗云"滴骨亲"，盖谓此也。[3]

《洗冤录》中记载的是子女血滴父母骨，涂如松夫妇没有生养，所以只能是用涂杨氏母亲的血。那么为什么让涂如松也滴血呢？可能是源自古代"夫妻一体"的观念。不过黄州府的批示还没来得及落实，很快县令汤应求也因为逾期被免。继任麻城县令李作室和广济县令高人杰共同处理此案。

可能是因为做出批示的黄州府已经去职，高、李非但没有滴骨验亲，反而认为"《洗冤录》原有不可尽信者……似未便因《洗冤录》而反滋冤滥也"。

本案之所以刚开始迁延日久，也是因为仵作之间对于《洗冤录》的效力认识不同。雍正年间，《洗冤录》类似于作为参考的官箴，直到乾隆七年（1742），律例馆颁布《律例馆校正洗冤录》，此书才成为正式的官书。因此高、李二人才会提出《洗冤录》不可尽信。在没有 DNA 技术、司法资源也非常紧张的清代，地方官发现事实的能力极为有限。《洗冤录》所记载的法医学知识尽管不少无稽之谈，但也不乏可取之处，不能全盘否认其价值。司法活动的重要目标是定分止争，恢复社会秩序。在侦查技术能力与司法资源严重不足的清代，如果没有一个适合于当时技术条件的法医学标准，那么两造就会不断上诉，导致案件迟迟不能解决。因此才有学者论及，司法上的证据标准从来不是统一不变的，而是一个"社会建构的具有时代性的地方性的常规标准"。

冤　狱

高、李刑讯逼供之下，涂如松供认自己杀害了涂杨氏，因蔡灿唆使，反告杨五荣等人诬告。而麻城县的捕快陈文和书役李宪宗在尸体发现后向涂如松索贿，然后帮助涂如松妆点尸体，放上男性发辫。清代规定，死刑案件在州县官审理结束之后需要将人犯押解至知府以及更高层级官员处进行重新复核。当时黄州知府出缺，由蕲州知州蒋嘉年暂时代理，他多次提审人犯，发现涂如松等人供述模糊不清，颇多矛盾，而且高、李二人对案情的结论也漏洞百出，因此驳回了判决。

高、李重新审理之后将案件的焦点转移到了汤应求身上，他们注意到，保正发现尸体的报告中记录尸体"止有一手背尚有皮包骨，腰上有朽烂白布"，而汤应求向上汇报"止有破蓝布衫一件、破蓝白布里夹袄一件、蓝白布里夹被一床"，在黄州府等官员批示要调查性别之后，汤应求又说"还有四五寸长发辫，及夹被横里腰系草绳"。《大清律例》中专门有一条就是"检验尸伤不以实"。汤应求为什么要这样做，我们不得而知，不过相关文书俱在，无论涂如松是否杀妻，汤应求都难逃法办了。

高、李上次是审结之后上报给黄州知府，遭到知府连番驳斥。这次他们先采用通详的形式同时上报黄州府、湖北臬司和总督巡抚。然后湖北巡抚做出了改变案件走向的批示，指出汤应求"明知涂如松致死伊妻杨氏"，却没有查明真相，反而改换验尸报告，"徇私掩饰，大干功令"。巡抚在没有提审犯人的情况下，仅凭高、李的一纸文书就直接为案子定了性，也推翻了黄州府蒋嘉年之前的结论。随后蒋嘉年也不再坚持涂如松被冤，提出了调和的看法：一方面他承认涂如松和仵作在尸体检验上确实存在瑕疵；另一方面希望能够再请人对尸体性别进行重新鉴别。"如系女尸，则当日男衣夹被明系妆点，其为杨氏尸骸无疑。"至此，本案相关各方已经不再考虑尸体是其他人的可能性了，问题的核心从鉴别身份转为鉴定性别。

不久黄州府就迎来了新任知府李天祥。蒋嘉年受命去检验尸体，他还是坚持河滩的尸体应为男尸。河滩的尸骨有九片颅骨、二十四根肋骨。根据《洗冤录》记载，男子颅骨八片，女子六片，男子肋骨左右各十二条，女子各十四条。仵作认为应该是额骨裂为两片，所以河滩尸骨显然是男尸。在蒋嘉年检验尸骨时，当初为高人杰检验的仵作薛必奇居然试图用刀自刎。与此同时，高人杰和李作室眼见不妙，他们提出汤应求偷偷换了尸骨，只有颅骨是他们原来所检。两相对质，真假难辨。湖北按察使又委派黄冈县知县畅于熊和蕲水县知县汪歆审办。畅、汪首先提出汤应求改换尸检报告，应当治罪。五月二十五日，湖北巡抚和总督上奏吏部，认为汤应求未能及时验明尸体性别，应将汤应求革职。湖北按察使也同意了畅、汪的请求，既然高、李认为河滩尸骨仅有头颅未被替换，那么就将头颅与其他男尸头颅比较即可。

结果雍正十一年（1733）五月二十三日，赵家河突发洪水，将河滩尸骨冲走。八月初二，吏部发来皇帝谕旨"汤应求着革去职衔，其玩视人命等情，该督究审定拟具奏"。由于是畅、汪提议将汤应求革职，因此革职后需要另外派人进行审理。湖广总督派咸宁县知县邹允焕和黄陂县知县黄奭中负责本案。他们很快得出结论，涂如松杀妻埋尸，蔡灿幕后操盘教唆涂如松摆脱罪责并贿赂汤应求和仵作李宪宗改换尸骨，从而让本案迁延日久未能结案。蔡灿罪行甚多，其最恶劣的犯罪行为是"盗尸换尸，折割弃尸，凶暴贪残"，但是清律没有与之对应的规定，因此依"光棍为首者，斩立决"例，判处斩立决。所谓光棍，是当时对于流氓无赖的别称。"光棍例"是对"恶棍设法索诈官民"的诸种行为进行惩处的法条，当时适用颇广。涂如松判绞监候，他母亲许氏现年五十七岁，但是青年守寡，患有痨病，只有涂如松一子，是否可以存留养亲，需要上司定夺。所谓存留养亲是古代为了维护孝道而对罪犯的优待措施。清代法律规定，犯一般死罪的罪犯，如果其祖父母父母等年龄在七十岁以上或者患有严重疾病，家中又没有其他十六岁以上男丁，那么需要奏明上司，由其定夺是否可以缓刑。

畅、汪的拟判经武昌府知府、汉阳府知府的会审，又经湖北按察使，最终得到湖北巡抚的认可，湖北巡抚上奏皇帝要求判处蔡灿斩立决、涂如松绞监候。接下来就到了故事开头的那一幕，新任麻城县令陈鼎发现涂杨氏尚在人间。这时，恰逢新任湖北巡抚吴应棻在任，他此前没有参与审理此案，不仅没有翻案的压力，而且他与湖广总督迈柱的关系也很紧张。在陈鼎发现涂杨氏之前，履新不久的吴应棻就因为湖北吏治废弛上奏参了迈柱一本。而迈柱已经任湖广总督八年之久，涂如松被冤他无论如何也难逃干系。此案成为身陷督抚之争中的吴应棻的重要抓手，他积极为涂如松翻案，不仅要求臬司尽快重审，还以高人杰等人为负面典型通告全省官员，要求他们吸取教训，"至一切狱讼，尤须至虚至公，精详慎重，不得酷法严刑，玩视民命"。

陈鼎发现涂杨氏后不到一月，雍正帝驾崩。刚刚登基的乾隆皇帝将迈柱和吴应棻都调回北京，另派史贻直去湖北处理此案。史贻直查明涂杨氏省亲回家之后因与涂如松争吵就想逃回娘家，路上被此前与其有奸情的冯大拐走，后因无处藏匿，冯大将涂杨氏送回杨五荣处。面对突然生还的涂杨氏，杨五荣和杨同范的处境非常尴尬——他们此前已经多次提告涂如松杀妻，清代规定了诬告死罪而未决者，杖一百流三千里。尽管司法实践上，地方官经常会对诬告行为睁一只眼闭一只眼、但他们如果此时坦白真相，还是可能会面临刑罚。因此，杨同范自恃生员的身份，唆使杨五荣索性坚持到底。最终真相大白后，杨同范和曾经的蔡灿一样，被依"光棍为首者，斩立决"例判处斩立决，杨五荣被处以绞监候。此外冯大、涂杨氏等人也都受到不同程度的处罚。但新帝登基，照例要大赦天下，所以除了杨同范、杨五荣之外，其他人都免于处罚。一场历时多年的大案终于落下帷幕。

制度与原因

　　本案首先引人深思的是案件本来在双方的拉扯之中，对于尸骨的身份始终没有达成共识。而当尸骨被洪水冲走之后，由于仅能依靠口供定案，案情急转直下。囿于清代的技术能力，口供一直是关键的定罪依据，在事实认定上，清代强调诸证一致，要求供词之间高度一致、没有明显差异，证供也要相符。从高、李第一次审理开始，在数任官员的审理之下，这一完全虚构出来的杀人案件情节被逐渐修改、完善，最终显得无懈可击。汤应求曾质疑"（涂如松母亲）许氏青年守志，止此一子，其视媳不啻亲生，子即凶横，伊母岂肯坐视不救"，对此，高、李在之后的拟判中回应"如松忿激将氏推开，随取纺线车打去，适中杨氏致命小腹，因有四月身孕被殴伤胎，旋即殒命"，可见是过失致死，事发突然，许氏来不及劝架。汤应求还质疑"如松所居之地比邻数十户，非深山独居可比，若欲匿尸岂无人见"，高、李又称"时方昏夜，其邻人皆不知殴毙之情"。

而关于作案凶器的变动则更为离谱，高、李等人的拟判认为杨氏举起纺线车要打涂如松，结果被涂如松夺下反戳杨氏受伤。实际上纺线车体积巨大，杨氏当时有孕在身，很难想象她能够举起纺线车。之后邹、黄的拟判中，凶器就变成了纺线车的木心，更加让人信服。

另外，在掩埋尸体过程中，高、李先是声称涂如松请蔡秉乾和蔡三帮忙掩埋尸体，但蒋嘉年就驳斥蔡秉乾年老眼瞎而蔡三又是跛足，如何能够掩埋尸体？高、李重新提审之后，针对蒋嘉年的意见，又说"秉乾、蔡三，虽一盲一跛"，但是并不严重，抬尸的时候，其目尚明，其足能步。而到了邹、黄那里，涂如松与众人准备埋尸，"蔡秉乾因眼力不济，荷锄同蔡五先往刨土"，之后"蔡三足跛失跌"，显得更加顺理成章。类似这样的审转过程中的修饰还有很多。经过数次修饰之后，案件情节变得无懈可击，最终通过了逐层审转。

与当代司法体系中双方不提出上诉判决即生效的制度不同，清代的刑事案件处理采用逐层审转复核制，死刑案件要自动历经县、府、司、督抚、刑部直至皇帝复核最终才能执行。那么为什么经过修饰的拟判能够通过逐层审转呢？涂如松在上级机关复核时为什么没有翻供呢？其核心就在于清代上下级官员之间存在的信息沟通机制，易于使逐层审转流于形式。本案中在州县官的几次通详之中，上级官员仅凭州县官的书面报告就做出了非常具体的指示。先是湖北巡抚批示汤应求"徇私掩饰，大干功令"，要求彻查，之后黄州知府就提出如果确系女尸，那就是杨氏无疑。高、李二人罗织的冤狱，经过湖北巡抚的批示，已然成为不可撼动的铁案，高、李自然不敢再推翻自己的结论，其他官员也只能照着巡抚的思路去调查。

另一方面，上下级官员还存在着非正式的信息沟通机制，形成"共谋"。笔者在一批清代官员之间的信函中就曾发现若干上下级官员私下沟通的证据。例如贵州普定县知县就一个疑难案件致信知府，知府又给臬司衙门的幕友写信希望得到指示，信件的具体内容不得而知，但是事后知府给幕友写信感谢，表示"顿开茅塞，感纫之至，现已饬县照缮矣"。[4] 当上级官员的意见已经渗透到州县官审理阶段，多层审级的独立性和实际效果就大为削弱。当州县官的拟判审转到上级时，上级已有先入为主的看法，加上缺乏足够的侦查手段和较低的证据标准，即使被告翻供也会被认为是狗急跳墙，无济于事，本案中涂如松的情况很有可能便是如此。当时的很多史料都说明存在各级官员疏于核查而"据详率转"的情况。因此清人万维翰指出："万事胚胎，皆在州县，至于府司院皆已定局面，只须核其情节，斟酌律例，补苴渗漏而已。"[5]

如何设计司法责任的边界和主体，如何破解科层制结构中的共谋问题，如何在有限的司法资源条件下实现有效的司法监督。本案所揭示的许多课题，今天仍然值得深思。

1　本案相关重要档案见中国第一历史档案馆藏宫中档朱批奏折，档号：
04-01-01-0011-019，题名：奏为遵旨查审麻城县民杨五荣控告涂如
松打死伊妹杨氏一案事；题本，档号：02-01-007-014663-0004，题
名：题为会审湖北麻城县革生杨同范藏匿涂如松之妻指使堂弟借尸
诬命等情案依律拟斩立决等事。

2　《大清律例通考校注》，第874页。

3　《洗冤集录译注》，第84页。

4　《稀见清知府文档》（第2册），全国图书馆文献缩微复制中心，2004
年，第699页。

5　（清）万维翰：《幕学举要》，载刘俊文主编《官箴书集成》（第4
册），黄山书社，1997年，第732页。

乾隆朝的儿童杀人案

景风华

乾隆十五年（1750），十三岁的张麻子因父亲去世、母亲改嫁，跟随堂舅陆彝生活。陆彝家中有一位名叫江开和的雇工，因做工迟误，陆彝与江开和夫妇发生争执，进而扭打成一团。张麻子上前拉劝，却被江开和一脚踢开。张麻子蹲在地上揉着痛处之时，发现面前恰好有半截方砖，于是捡起来就扔了过去，不料砖块正中江开和心坎，致其呕血身亡。[1]

那么，杀了人的张麻子，等待他的将是法律怎样的裁决？

恤幼之法

首先，在案件审理阶段，儿童致人死亡的行为仍要被纳入"六杀"的法律体系中进行评判。所谓"六杀",是指谋杀、故杀、斗杀、戏杀、误杀、过失杀,它们是中国传统法律依据犯罪人在致人死亡时的主观心理状态而对杀人罪进行的详细分类。清代存留下来的与儿童有关的命案基本都是小朋友在打斗、玩闹的过程中失手杀人,属于"六杀"中的斗杀或戏杀。根据《大清律例》:

> 凡因戏(以堪杀人之事为戏,如比较拳棒之类)而杀伤人及因斗殴而误杀伤旁人者,各以斗杀伤论(死者并绞,伤者验轻重坐罪)。[2]
> 凡斗殴杀人者,不问手足、他物、金刃,并绞(监候)。[3]

所以无论是戏杀还是斗杀,只要造成被害人死亡的后果,都会被判处绞监候。在此阶段,儿童除了享有不被拷讯和不带械具等优待外,定罪量刑的标准与成人无异。

不过,中国传统法律素来以"恤刑"为主要特色之一,它要求断狱者"哀矜折狱",对于在社会生活中居于劣势地位的女弱、幼弱、老弱、病弱等弱势群体要予以优待。《大清律例》的"老小废疾收赎"条内容如下:

凡年七十以上、十五以下，及废疾，犯流罪以下，收赎。

八十以上、十岁以下，及笃疾，犯杀人应死者，议拟奏闻，取自上裁。盗及伤人者，亦收赎，余皆勿论。

九十以上、七岁以下，虽有死罪，不加刑。其有人教令，坐其教令者。若有赃应偿，受赃者偿之。[4]

由此可见，儿童所享有的刑罚减免以十五岁为界，分为七岁以下、八至十岁、十一至十五岁这三个等级，分别对应着免罪、死罪上请、流罪以下收赎这三种法律特权。鉴于张麻子已经十三岁了，如果他犯的是其他错误，尚可通过交钱赎罪的方式来弥补，唯独"杀人偿命"这一条，他是躲不过去的。因此，江苏省官员将张麻子依照斗杀律拟绞监候。不过，这仅是一个拟判，依照清代的逐级审转复核制度，涉及死刑的案件必须由地方督抚专本具题于皇帝，皇帝交给刑部主导的三法司进行复核，复核完成后再具奏给皇帝，由皇帝亲自定案。而在复核的过程中，刑部如果认为案件存在事实不清、案情评价不当、律例适用不当、程序不当等情形，会将案卷和刑部意见发回给地方督抚再行斟酌，称为

"题驳"。

张麻子的案子就遭到了刑部的题驳。刑部认为江苏巡抚未写明该案的情节与丁乞三仔案是否具有相似性，即此案能否援引先例声请免死，属于程序不当。此处所说的"声请"，是指死罪上请，即地方官员在审理案件时，遇到法律规定的特殊群体或特殊情形，除了在案卷中条陈被告所犯之罪及依律应当判处的刑罚，还应注明此人可以上请的理由以及建议从轻处理后的判决，请求皇帝予以决断。如果仅参考《大清律例》的律文，死罪上请是八至十岁儿童所享有的法律特权，十三岁的张麻子并不在此限，江苏巡抚没有做错。但是刑部认为，江苏巡抚忽视了一个虽不见于法典记载、但对司法实践起着重要指导作用的事例——丁乞三仔案。

年龄与情由

丁乞三仔案发生在雍正十年（1732）的江西省。当时，十四岁的丁乞三仔与他的无服族兄丁狗仔一起挑土。丁狗仔欺负丁乞三仔年幼，令其挑运重筐，又拿土块掷打他。丁乞三仔拾起土块打回去，不料击中了丁狗仔的小腹致其殒命。丁乞三仔被依律判处绞监候。但雍正帝下旨称："丁乞三仔情有可原，着从宽免死，照例减等发落，仍追埋葬银两给付死者之家。"由于雍正帝的旨意，丁乞三仔案就成为一则后来可以援引比附的先例。但这则先例的法律原理何在？是不是将死罪上请的范围扩大到所有十一至十五岁的儿童？乾隆朝的一名御史万年茂就是这么认为的。

在乾隆十年（1745）九月，湖北巡抚具题了十五岁的熊宗正殴伤无服族祖熊健候致死的案件，熊宗正被依律拟绞。但在刑部尚未完成复核之前，御史万年茂注意到这则案件，认为十五岁以下（包括十五岁）的案犯都应援例上请，于是擅自奏请将熊宗正免死收赎。乾隆帝下令将此案交付廷议。刑部尚书盛安认为，熊宗正案与丁乞三仔案有两处"情罪不符"之处：

第一，丁乞三仔案是丁狗仔先行欺凌挑衅所致，而熊宗正案则是熊宗正有错在先；

第二，丁乞三仔是拾土块掷打误伤致命，而熊宗正则动用了凶器，所以熊宗正"情罪较重，未便从宽"。

此案经九卿议覆后，形成了"嗣后凡遇十五岁以下杀人之犯，该督抚查明，实与丁乞三仔情罪相符者，援照声请，听候上裁"的定例。

这则新例并非仅仅否定了御史万年茂欲将上请特权扩大到所有十五岁以下儿童身上的想法，更是对只以客观年龄作为恤幼标准的法律思维发起了挑战。当丁乞三仔案被作为先例确立后，地方官员在决定是否将某个身犯命案的幼童声请上裁时，就不能只是简单套用律文所划分的三个年龄阶段，而要转向个案的实质性裁量，即考虑该案与丁乞三仔案是否"情罪相符"。"情"是中国传统法律中一个复杂而关键的概念，在此处，它是融合了犯罪人的主观动机以及客观的案件情节、损害结果等一系列具体情状的案件事实，斗殴由谁先挑起、是否使用凶器等皆属此列。

在本文开头发生于乾隆十五年的张麻子一案中，刑部正是延续了上述理念，要求江苏巡抚查明此案是否同丁乞三仔案"情罪相符"。江苏巡抚采纳了刑部的意见，并很快草拟出新的判决：张麻子按律本应拟绞，但其符合援照丁乞三仔案上请的条件，希望能判处张麻子流罪收赎。这一次，案件顺利通过了刑部的复核，并奏闻于乾隆帝，得到了"张麻子从宽免死，照例减等收赎"的圣旨。

谁是弱者

如果说丁乞三仔案开启了从"年龄"到"情由"的思维方式的微妙变化，那么接下来的刘縻子案则将此种思维方式直接转化成了具有突破性的详细条例。[5] 乾隆四十四年（1779），当四川总督文绶按照律文的规定，将盐亭县九岁幼童刘麇子因殴伤李子相致死而拟绞监候的案件上请皇帝裁决时，得到了一个有些出乎意料的答复。原来，刘麇子与死者李子相皆为九岁，事件的起因是刘麇子向李子相讨要葫豆，李子相不肯给，于是刘麇子生气地殴打李子相，致使李子相摔倒毙命。大概是愤慨于刘麇子的蛮横，并希望对顽劣的幼童起到小惩大诫的作用，乾隆帝不但没有宽减刘麇子的刑罚，反而下令刑部对十岁以下儿童死罪上请的特权附加限制条件。刑部很快遵旨执行，并定出新例：

> 十岁以下斗殴毙命之案，如死者长于凶犯四岁以上，准其依律声请。若所长止三岁以下，一例拟绞监候，不得概行声请。至十五岁以下，被长欺侮殴毙人命之案，确查死者年岁，亦系长于凶犯四岁以上，而又理曲逞凶，或无心戏杀者，方准援照丁乞三之例声请，恭候钦定。[6]

经过长期的法律实践及从实践中提炼出的条例的发展，一部分十至十五岁致人死亡的儿童得以援引丁乞三仔案声请免死，以及一部分八至十岁的儿童因刘麇子案不得上请皆成为定例。八至十五岁的儿童所享有的上请资格及限制条件越来越接近，十岁作为犯罪儿童享受宽免特权的年龄分界点的作用变得模糊，从而在一定程度上减弱了绝对年龄作为减免刑罚依据的重要性，转而回到对"弱"本身的实质性讨论上来。

作为一个表示力量对比关系的形容词，"弱"是相对而言的，是只有在"强"面前才能显现出来的特质。因此，"矜弱"之法不能单方面讨论加害人的情况，而是要将被害人的情况也囊括在考虑范围之内。加害人与被害人的年龄差距是二者进行强弱对比的重要因素之一。在小朋友杀人的案件当中，受害者通常也是年龄差不多的小朋友，当时的官员和皇帝显然都注意到了这一点。在刘縻子一案中，乾隆帝指出：

> 所指十岁以下犯杀人应死者，或系被杀之人较伊年长，强弱不同，如丁乞三仔之案，自可量从末减。今刘縻子所殴之李子相，同系九岁；且刘縻子因索讨葫豆不给，致将李子相殴跌，其理亦曲。若第因其年幼辄行免死，岂为情法之平？

在对此案的讨论中，乾隆帝牢牢把握住"强弱之辨"

这一问题的核心，在受害者也是同龄儿童的情况下，加害人的弱势地位就受到了质疑，"矜弱"之法也不再适用。

此外，为了实现实质正义，加害人除了要满足年龄小于被害人四岁以上这一"客观"的"弱"的要求，还要在具体案件中体现出他的弱势地位，即在加害人和被害人发生冲突时，加害人原本属于理直的一方，因遭到被害人的恃强凌弱、非理欺辱，在反抗强暴的过程中造成了被害人死亡的后果。如果致人死亡的儿童在案件中并没有因为自己的弱势地位而遭到实际"压迫"，那么这名犯罪儿童就不能动用"矜弱"之法所给予的上请特权。例如在嘉庆八年（1803），十四岁的阎十三仔在其七十六岁高龄的无服族祖阎正建的塘水沟里放水捕鱼。阎正建恐其将水放干，斥骂阎十三仔并想打他。阎十三仔在逃走的过程中拾起石头投掷，希望吓退阎正建。不料石块伤到了阎正建的左耳根，致其倒地殒命。有司认为阎十三仔被追殴是因为其本身的过错，并非因为年幼体弱而遭到欺凌。由于阎十三仔不符合"弱"的要求，所以被拟绞监候，不得上请。

通过上述条例辗转修订的历程，我们可以清楚看到清代的律、事例和条例之间的关系：律文提供了"矜弱"这一总体性的道德原则。丁乞三仔案、熊宗正案、刘縻子案等具有先例意义的案件，则阐明了"矜弱"原则的实质意义，并从中抽象出三条实用的、具备可操作性的衡量"弱"的规则：

第一，幼弱的绝对界限，即加害人的年龄小于十五岁；

第二，幼弱的相对界限，即加害人与被害人相较之下实力居弱，对于十五岁以下的儿童来说，四岁以上的年龄差距足以造成强弱立判的效果；

第三，幼弱的实际处境，即犯罪儿童因为前两种"客观"上的弱势而遭到了被害人"实质"上的恃强欺凌。

后来，这三重"弱"的要求在清代"五年一小修，十年一大修"的修例活动中成为正式例文，它被附在"老小废疾收赎"条的律文之后，成为此后司法官员们决定是否上请时的具体裁判规则。

总之，那些符合死罪上请条件的小朋友，如果不出意外，绝大多数都会获得皇帝"从宽免死，减流收赎"的批示。所谓"减流"，是指皇帝通过了免死声请，从而将死刑减轻一等，降为杖一百、流三千里；所谓"收赎"，则是指犯罪的儿童可以用钱或者粮食来赎减死之后的流刑。

根据《大清律例》中的"纳赎诸例图"，在老小废疾收赎时，流三千里的赎银为四钱五分，在被允准纳赎的诸色人等中，老小废疾收赎所需的银钱最为低廉。除非是赤贫家庭，这样的赎金数目应该不是一笔太重的负担。因此，一名犯死罪的儿童一旦通过上请而迈过了死刑的关卡，他的家长又能拿得出这笔赎金，那么他就可以不用接受任何身体上的处罚而顺利返家。

当然，这样的优待也不能滥用。犯罪儿童的收赎记录要载入档案，如若再次犯罪，除因人连累、过误入罪仍可收赎外，其他故意犯罪需实际执行刑罚，不准再行收赎，以避免其有恃无恐。

秋　审

那么，在符合死罪上请条件的小朋友经由"免死-减流-收赎"的程序顺利返家之时，那些被定死罪但又不具备上请资格的小朋友，他们的命运又将如何？难道真的会被处死吗？

基本是不会的。这部分儿童将与其他被判处斩监候或绞监候的成年人犯一道，经历一项重要的死刑复核程序——秋审。在秋审当中，绝大多数儿童都会被纳入"可矜"与"缓决"，从而获得生机。

而"可矜"与"缓决"的区分，同是否具备上请资格的判断标准几乎完全一致。乾隆三十二年（1767）的秋审条款规定：

> 幼孩斗杀案件，如被杀者之年较伊更小，并
> 系金刃重伤者应入缓决。其被年岁较长之人欺殴，
> 力不能敌，情急回殴致毙者，应入"可矜"。[7]

在晚清的《秋谳志》当中，这则条例被重新表述如下：

> 十五岁以下幼孩杀人之案，如死者年长四岁
> 以上，而又恃长欺凌，理曲逞凶。力不能敌，回抵
> 适伤者，酌议拟可矜。倘死亦同岁幼孩，应遵照乾
> 隆四十四年，四川省刘縻子殴死李子相案内所奉谕
> 旨，监禁数年，再议减等，以消其桀骜之气。[8]

由此可见，"上请""可矜"与"缓决"的判断共享着
一套原理，即根据犯罪人的可矜悯程度及案情轻重，分别给
予犯死罪儿童从大到小的优待：完全符合"弱者"定位的儿
童，可以在获得皇帝从宽免死的恩旨后即刻纳赎回家，余
者则必须收押在监牢里等待秋天的到来；一部分符合"弱
者"的定位、但情节稍重的"可矜"儿童，在一次秋审过后
也可减流；而在所犯案件中不是"弱者"的"缓决"儿童，

仍需继续收押，经历一次又一次的秋审，直到最终获得宽大处理。

所以，前述乾隆四十四年时由刘縻子案所引申的那条例文，虽然限缩了一部分十岁以下儿童死罪上请的权利，但乾隆帝并非真心想要这些儿童偿命，他非常清楚"上请"、秋审的"可矜"及"缓决"提供了一个完整的免死减流收赎的机会链条："且拟以应绞监候，原不入于情实，数年后仍可减等，何必呕于宽贷乎？"他的计划是将一部分原本可以通过上请免死的儿童延迟到秋审时再予以缓决处理，用数年监禁的时光来消磨顽劣儿童的暴戾之气。

而对于"缓决"与"情实"的界限，《秋审实缓比较条款》规定：

> 十五岁以下幼孩杀人之案，除谋、故等项应入情实外，如系斗杀，必实有凶暴情节、伤多近故无一可原，及死更幼稚、死系双瞽笃疾，理曲欺凌、迭殴多伤者，方入情实，余俱缓决。[9]

也就是说，除了谋杀、故杀不可被宽免之外，犯罪儿童在入于缓决的可能性方面，亦即通往"生"的道路上，享有比成人优惠得多的条件，十五岁以下的儿童基本上不会被纳入"情实"。《秋审实缓比较成案》与《续增秋审实缓比较成案》所记载的那些小朋友之间因为打斗而导致一方死亡的案件最后皆以缓决告终,纵使一些案件情节严重,清代官员们也会尽力寻求犯罪儿童的"尚可原缓"之处。

而且,从乾隆五年(1740)开始,在秋审时被认定为"可矜"而减流的儿童亦可收赎,秋审时被归入"缓决"的儿童虽然要在监狱里被多羁押几年,最后亦可被减等为流罪。即使经过数年的拖延,有些儿童已经成年,也依然不妨碍其后续的收赎权利,秋审所发挥的"恤幼矜弱"作用越来越重要。

不过需要注意的是,清代对于犯罪儿童的宽宥仅针对斗杀以下的犯罪,对于谋杀和故杀,《秋审实缓比较条款》明确指出"应入情实"。由于谋杀、故杀这类事先有准备的情形使案件双方的力量强弱对比失去了意义,因而不能享受法律所规定的那些特权。

通过"谋故不赦"的规定,我们可以看到,中国古代基于"恤幼矜弱"的原理而减免儿童刑罚的"老小废疾收赎"制度,与源自西方的刑事责任年龄制度只是在外观和效果上具有一定的相似性,其基本理念和运行程序完全不同。刑事责任年龄制度基于"自由意志"学说,将儿童设定为不能区分是非善恶、不具有控制能力的"非理性人",所以无论他们实施了怎样的行为，都不具有道义上的非难可能性，故而其行为本身不构成犯罪，而非仅仅不受刑罚处罚。但中国哲学从来没有纠结过人是否具有自由意志的问题，更认为人的是非之心生而有之，因此清代法律完全肯定儿童对于自己行为的认知以及积极追求这种结果发生的能力，并认为这种恶念同成人一样不可原谅。只有在斗杀情境中，综合考虑各方因素而衡量出的实质意义上的"弱"方可作为减轻或免除刑罚的依据，从而平衡了儿童与成人、加害人与被害人之间的利益，是一种特殊的法律智慧。

1 本案相关档案见中国第一历史档案馆藏题本，档号：02-01-007-017134-0002，题名：题为审理阜宁县张麻子因帮护雇主殴伤江开和身死一案依律拟绞监候请旨事，乾隆十四年八月初三日；题本，档号：02-01-007-017256-0016，题名：题为复审阜宁县民张麻子因拉劝催工争殴致毙江开和一案仍照原拟绞候请旨事，乾隆十五年七月初二日。

2 《大清律例通考校注》，第 800 页。

3 《大清律例通考校注》，第 794 页。

4 《大清律例通考校注》，第 264 页。

5 本案相关档案见中国第一历史档案馆藏题本，档号：02-01-007-022806-0014，题名：题为审理盐亭县九龄童刘麋子因讨豆不给殴死李子相一案依律拟绞监候请上裁事，乾隆四十三年十月初一日。

6 《大清律例通考校注》，第 267 页。

7 《秋审指掌·比对矜缓条款》，载杨一凡主编《历代珍稀司法文献》（第 13 册），社会科学文献出版社，2012 年，第 43 页。

8 《秋谳志》，载杨一凡主编《清代秋审文献》（第 8 册），中国民主法制出版社，2015 年，第 287 页。

9 《秋审实缓》，载杨一凡主编《历代珍稀司法文献》（第 13 册），社会科学文献出版社，2012 年，第 128 页。

杜凤治审理的一起晚清命盗重案

白　阳

　　清代有关户婚、田土、钱债等民事纠纷以及轻微的刑事诉讼，由州县官员自行处理裁决，称为"州县自理词讼"，与之相对的便是涉及人命、盗案、奸拐等应判处徒刑以上刑罚的严重刑事案件。这类"命盗重案"虽然由州县官员予以初审，但需经过"逐级复审"，最终由各省督抚、中央刑部甚至皇帝本人做出终审裁决。

　　对于清代的"命盗重案"，其基本司法理念可以归纳为"情法相平"。寺田浩明先生曾作出如下论断："中国刑事司法的整体可以总结为国家皇帝忠实地代天惩戒行恶之人，为受害者申冤，使人们远离犯罪。其执行理念是'情罪相符，归于平允'，一言而概之，即为'情法之平'。这里的'情'指的是每个犯罪行为的犯罪情形／恶行程度，'罪／法'两者都是被处以的刑罚。每个犯罪行为的犯罪情形／恶行程度都必须准确地和其刑罚轻重相对应。"[1]换言之，清廷所追求的命盗重案之理想处理模式为：官员在查明案件真相的基础上，必须找到相适应的刑罚对罪犯予以处置，而寻找刑罚的标准就主要记录在清廷颁布的《大清律例》当中。

然而，司法实践中却呈现出与追求真正意义上"情法相平"这一目标相偏离的现象。正如徐忠明教授所指出的："从司法实践来看，即使是强盗重案，明清时期的司法官员也非一味地拘泥于律例条款，作出所谓'依法判决'的裁决。实际上，对于这类案件，他们同样可以（也会）综合情理给出非常灵活的裁断。"[2]那么，究竟清代官员，特别是州县官员在审理命盗案件时是如何操作的？其司法审判过程反映出对既有理念怎样的偏离？本文以《杜凤治日记》中所记载的一起案件为线索，分析晚清时期命盗案件审理过程中对司法理念的偏离，并结合相关题本探究其背后的制度性因素。

一波三折审命案，峰回路转惩凶顽

这一日是同治七年（1868）的九月二十日。近几日夜间，知县杜凤治总是听见猫头鹰不停鸣叫，甚至天亮后仍然不止，心头便隐隐感觉不祥。果不其然，有地保谢亚士、更练陈亚玉来报，距城七里的姚沙铺发生命案。据说尸体是被一放牛娃在坡下草地发现的，地保得知后前往察看，见该死者身怀厘戥小秤，旁边还放着扁担挑具，是个做小买卖的货郎模样，心想应该是谋财害命的案件，便不敢怠慢，立即赶赴衙门报案。杜凤治当即下令予以勘验。[3]

第二天午正一刻，杜凤治带人前往姚沙铺验尸。件作验得：死者系男性，三十多岁，身体健壮，咽喉处有一明显刀伤，满面血污，唇齿处、左手腕也有伤痕，确认系被砍身死。经现场勘察，死者身上穿布衣，并带有肩挑、布袋、厘戥、算盘、雨帽等物，算盘后有"江宅汉记"字样，且死者怀中有一小刀刀鞘，但无刀；另外，有血迹从堤上一直延续到堤下。杜凤治初步判断，该名男子可能姓江，由石狗墟出发，半夜赶路行至此处，因身上带有银两，而被歹徒抢劫致毙，且凶徒可能不止一人。杜凤治随即传讯当地绅耆，但由于当地人居住地离案发现场较远，当夜并未听闻有人喊叫。于是，杜凤治下令将尸体先行收敛浅埋，等待死者家属前来认领，并委派伍元、陈光、谢泰班等差役负责继续调查此案。

到了二十八日，伍元等差役前来禀报，说已抓获凶犯一人，名叫江亚华，在东门横街合盛店将其拿获。杜凤治闻听大喜，急忙仔细询问案件详情。原来，死者名叫江昆汉，和江亚华是嫡堂兄弟，均居住在地豆墟附近。此前，两人结伴出门做生意，江亚华卖了小猪，得了一二两银子，而江昆汉则要去大沙墟做鱼干生意。而在路上，江亚华把卖猪的钱赌输了，便前往洪圣庙找兵勇江亚托借钱，但未借到。江亚托问江亚华和谁一同出门，江亚华告知对方，自己是和江昆汉同来，于是江亚托便和江亚华商量一同跟随江昆汉至姚沙铺附近抢劫杀人。据江亚华供述，他和江亚托尾随江昆汉至河边，他因内急而去方便，因此落在后头，只有江亚托跟随江昆汉一同过河。等江亚华赶上，只见江亚托一人，便询问是否得手。江亚托说已经成功，分给江亚华八钱银子后，二人便一同前往江昆汉家，谎称江昆汉在外病重。其父江龙明被蒙在鼓里，直到尸体被发现后，才知儿子被劫砍死，于是将江亚华、江亚托曾经来家之事予以报告，这才抓获江亚华。杜凤治立即下令将江亚华上铐严加看守，并派人告知江总爷，其手下的兵勇江亚托为重要犯罪嫌疑人，继而将江亚托也押送衙门。

下午，杜凤治亲自升堂问案，审讯江亚华与江亚托二犯。江亚华的口供与当时对差役所供述的内容一致，但江亚托并不承认，坚称自己并未实施抢劫杀人。这时，死者父亲江龙明来到杜凤治面前哭诉，指出江亚托素来不安本分、好赌作歹，恳请大老爷为其子报仇申冤。杜凤治将江亚华、江亚托二人严刑拷讯，而江亚托始终不肯招认，于是只得将二人先行收押。

第二天，案情出现变化，江总爷亲自赶到衙门给江亚托作证，声称十九日夜里其并未出门，二十日也很晚才起，此事十名同住兵勇可以性命担保。同时，江总爷指出，合盛店能证明，当天五更时分，江亚华将江昆汉早早喊起，吃饭后两人一同出门，同行的并无其他人。南门渡口的船夫也可作证只有两人坐船，片刻后回来一人，长相颇似江亚华。按照上述说法，则此案是江亚华一人所为，与江亚托无干。为了核实相关证人证言，杜凤治下令传合盛店店主和南门船夫前来衙门接受询问，并特意嘱咐衙役传唤时不得恐吓勒索，询问完毕后会立即释放证人。

十月初一，杜凤治再次审理此案。这一次，杜凤治只对江亚华用刑拷问，虽然其供词与上次所供有所出入，但仍然一口咬定是江亚托所为。杜凤治干脆让两人对质，江亚托以有兵勇人证为词，称自己是被冤枉的，而江亚华也指天发誓，自己所言非虚，兵勇众多，何故唯独只诬攀江亚托一人？杜凤治仔细观察二人对质情形，认为江亚托恐怕难逃干系，口供中有不实不尽之处。为了进一步了解案件实情，杜凤治命捕厅衙役将二人一同收监，并派人监听他们在牢狱中的对话内容。继而，杜凤治又询问了合盛店店主和南门船夫。店主供称江亚华和江昆汉进店时已到掌灯之时，吃完饭便睡下。到五更时分，江亚华先起床做饭，之后叫江昆汉起床吃饭。店主见其吃完便要出门，问其往何处去，两人说要前往大沙墟收买鱼虾干，因此早早上路。而船夫因专注于摆渡过河，未能辨认出当天是谁坐船。

十月初三，杜凤治又一次提审江亚华。此次审讯江亚华更改了口供，承认杀人劫财的案件是他一人所为。根据江亚华的供述，九月十九日晚间，他与江昆汉一同进城到店休息。五更左右，他起来做饭，并催促江昆汉起床吃饭，尽早出门。等到过河之后，他在无人处痛下毒手，先用随身携带的小刀向江昆汉头上砍了一刀，等江昆汉回头反抗时，他又砍其脸上、颈部及左手，将其砍死。江亚华行凶后，在江昆汉身上搜到二两五钱银子，并将尸体推下围堤，再坐船过河，回到城里。此时，他发现惊慌之时将刀鞘遗落在尸体边，于是把凶刀丢弃在南门处的水中。等到二十二日，江昆汉的死讯传出，江亚华才回到家中，并将江昆汉被砍死之事告知其父江龙明。江龙明得知儿子遇害，急于找到凶手，便与江亚华一同前往算命先生处拆字，以求真凶落网。无巧不成书，这个算命先生恰好当天也住在合盛店，于是当场认出江亚华是与江昆汉一同出门之人，江亚华这才被官差拿获。

当时，差役认定此案非一人所为，便告诫江亚华，如果你有同谋，趁早交代，这样也可以减轻罪行。江亚华闻听便妄攀江亚托为主犯，而实际上江亚托与此案并无关系。于是，杜凤治当堂将江亚托释放，让武营把人领去，并赏钱四百文用于养伤。江亚华则继续收监看管。

退堂后，杜凤治与师爷商量，认为江亚华谋财害命，对同堂弟兄下手，"豺狼之性，枭獍不如"，实属穷凶极恶，又诬告他人，意图脱罪，简直令人发指。然而，此案要是按照规定逐级上报，要花费不少时间才能最终定案处刑，反而使罪犯侥幸多活，即便最后判处死刑被处斩，也便宜了江亚华。因此，杜凤治打算与死者父亲江龙明商议，不把该案上报，而是对该犯施以站笼之刑，"令其缓死，再加磨折，多吃些苦，方快人意"。

可是还没等到杜凤治联系江龙明，江龙明却先向衙门递呈请见。原来，江龙明对江亚华改变口供之事表示存疑，怀疑其因为江亚托是武营兵勇而有包庇情节，因而请求杜凤治再次审讯。杜凤治答应第二天再次审讯江亚华，可让江龙明与他对质。同时，杜凤治差人告知江龙明他对犯人的初步处置意见："如亚华如详办出去，必须提府提省，又复发回，往返周折，归入秋审，必待明年冬至时方可处决，倘或一次蒙恩未勾决，又令多活一年。具此情节，十死不足蔽辜，而辗转苟延，反致便宜，不如就地严办，或立笼或活钉，俾多受苦楚方足以快人心而慰死者。"江龙明对此表示赞同。

然而，江亚华突然于十月十七日提审时翻供，案件审理又出现波折。江亚华此时声称是他与江亚托一起商同杀死江昆汉，且实际动手的是江亚托。杜凤治质问其前次审讯为何承认是自己一人所为，江亚华则说江亚托在监狱时曾答应出银十两给其家人，让他独自承担罪责，但江亚托出狱后并未兑现，于是翻供。杜凤治闻听大怒，将江亚华重责一顿，依旧收监。由于案情出现了种种可疑，杜凤治不敢草率定案，便下令将江亚托带回详查。

十月二十日，杜凤治再次提审江亚华、江亚托，让两人当堂对质。江亚华坚称江亚托是其同谋，且江昆汉系江亚托下手致死，而江亚托坚决否认。杜凤治追问江亚华当天渡河乘坐的是大艇还是小艇，同乘者一共几人，江亚华供述，其与江亚托、江昆汉三人乘坐小艇渡河。鉴于案件审理一时陷入僵局，杜凤治下令将二人收监。随即，杜凤治派人传渡口船夫陈善济到衙，继而询问当天渡河情形。船夫起初吞吞吐吐，言辞闪烁，杜凤治便好言劝慰，让他据实陈述，并答应他不会因作证而受到牵连，如有隐瞒，则使死者含冤。船夫起初仍有犹豫，在杜凤治的再三询问之下，供称当天摆渡时只有两人乘坐小艇渡过南岸，但回来时坐船人多，不知那两人是否回来。

为了验证口供的真实性，杜凤治率领师爷、差役众人，将江亚华、江亚托、江龙明、船夫陈善济等人带到城隍庙，让他们跪在城隍神面前供述。船夫表示不敢欺骗神明，当天确实是两人乘坐小艇渡河，因天未明，故而并未看清长相，两人在船上也并未说话。而江亚华却仍供称是三人渡河，即便被杜凤治下令吊板凳跪神前熬讯也不改口。杜凤治无奈，只得暂时停止刑讯，将江亚华、江亚托分别收押。

此时，案件真相难明，但外界的压力也随之而来。一方面，武营的江总积极为其手下的兵勇来回奔波、多方打听，意图为江亚托脱罪，以致百姓反而认为他们是此地无银，惹人怀疑；另一方面，江龙明认定江亚托是杀死其子的共犯，怀疑背后恐怕有讼棍教唆，以便从中牟利。为了早日查明案情，杜凤治第二天继续提审江亚华、江亚托。

由于江亚华每次供词均不相同、前后不符、疑点重重，杜凤治决定单独审讯江亚华。起初，江亚华仍然声称江亚托是其同谋，且江昆汉是江亚托一人所杀。待到问及凶器，江亚华供称江亚托有刀，自己无刀。

杜凤治反问道："那前次审讯口供中为何有将刀丢弃南门河水中这一情节？"

江亚华闻听略一迟疑，改口说："亚托有亚托之刀，小的有小的之刀。"

杜凤治命人将刀鞘取来，问："这是你的刀鞘么？"

江亚华承认是其刀鞘。

杜凤治又问："你既有刀，今在何处？"

江亚华称刀已丢入水中。

杜凤治趁势追问："好好一把刀为何弃之水中不要？必其刀上有血污恐人见而弃之以灭迹也。"

江亚华不知所措，只得点头承认。

杜凤治紧接着说道："既有血污，则江昆汉定是你一人杀的。"

江亚华愕然片刻，又强辩："小的原说并非无分，小的砍了两刀，亚托砍了两刀。"

杜凤治问其砍在何处。

江亚华供："手上一刀，颈上一刀。"

此时，杜凤治突然怒声呵斥："亚华你不用说了，昆汉是你一人杀的了。刀鞘是你认得的，刀亦是你的，亚托有刀是你说的，你已认砍了两刀，则是四刀都是你砍的，毫无疑义，尚何狡辩？"继而下令用刑。

也许是这一阵势起了作用，尚未动刑，江亚华便连连求饶，表示愿意据实招供。根据江亚华的供述，江亚华因与人赌钱，将卖小猪的钱输光，突然想起江昆汉曾欠其几钱银子，便向其讨要，以致发生争斗。江亚华取出小刀分别砍在江昆汉的头、颈、手三处，最后一刀砍在颈部，致其死亡。其后，江亚华搜出江昆汉身上银两便匆忙逃回县城，将刀鞘遗忘在尸体旁，因刀上沾有血迹，便把刀丢在南门河里。至于诬攀江亚托，是想借此脱罪，案情与江亚托并无干系。杜凤治再三确认供词，最终认定无异，令其画供、印掌模。

随后，杜凤治传江龙明上堂，告知其江亚华已供认是杀害江昆汉的凶手，与江亚托无关，并让江龙明亲自询问。江龙明确认江亚华供词后，杜凤治把他叫至签押房，对他说了如下一番话："此案为日已久，碍难上详，亚华既认，我为你就地严办，较之详办归入秋审，不死亦不定，即情实不宽，伊究活了一年；倘或不勾，更难说矣。况予以一刀，伊倒便宜，予痛恨已极，欲令其吃尽苦楚缓缓而死。汝具结领尸，并叙明亚华供词确凿，委系一人砍死，求即严办等语，汝子冤可立伸，尔亦气平矣。"显然，杜凤治还是选择与死者父亲江龙明商量如何处置犯人，其提出的方案则是将该犯就地严办，令其痛苦死去，而不按律例规定逐级上报、等待秋审法办。

江龙明并未正面回应该如何处置犯人，只是说道："老民此子死，无人养赡，即领尸亦无钱，求大老爷作主，为老民开一条路走。"杜凤治闻听不禁大笑，此话恰恰验证了江龙明一直纠结于江亚托是否为共犯的目的便是想要借机要钱。杜凤治让江龙明先去具结完案，把尸体领去，至于所求钱财之事届时商量。

十月二十二日，杜凤治找来师爷商议，认为江亚华虽然是杀人劫财的凶犯，但不应将家产没收，况且其家境贫困，所有家产估价仅二两多银子，家中更有妻女需要生活。于是，杜凤治与武营江总商量，由其出银二十两作为江龙明的养老钱。

十月二十三日，杜凤治最后一次提审江亚华，确认口供无误，并传江龙明与其对质。江龙明仍有意从江亚托处索钱，便一味开导江亚华把江亚托牵涉其中，并声称儿子必非一人所杀，请求大老爷申冤。杜凤治担心不将此案按规定上报，日后江龙明上控，自己吃罪不起，于是准备将案件上详。谁知第二天，当武营将二十两银子交到衙门，江龙明便立即表示愿意具结完案，按杜凤治所提出的方案执行。随即，江龙明将其子江昆汉的尸体领去埋葬，并具禀恳求将犯人就地严办，而不愿详报该案。

十月二十六日，杜凤治升坐大堂，将江亚华押来，以藤条重责二百下，又打小板二百下，之后便将其投入站笼，放在北门示众。杜凤治也按照之前的承诺，将二十两银子给与江龙明，作为抚恤。所谓站笼，是将犯人身体固定在木笼之内，仅有头部通过笼顶圆孔，套住颈部，露出笼外，且犯人脚下需踩住垒叠的木板或砖块，一旦站立不稳或抽去底板，则会导致犯人窒息身亡。果然，第二天江亚华在站笼中就已经手足俱肿，喘气待绝。第三天四更时分，地保来报，江亚华已经死亡。

对"情法相平"司法理念的偏离

在上述案件审结的过程中，有一点值得注意，即知县杜凤治最终采取的处理方法。为了使案件免于审转从而避免上级官员的审核，州县官员在命盗重案的审理过程中往往试图将案件消弭在基层，亦即在当事人及其家属申请免验或销案的情况下，不再详查案件事实，或者即便掌握案件真相，也不严格依照律例处置，而是努力说服当事人及其家属寻求一种大家都能接受的判决结果。正如邓建鹏教授所指出的："有的州县官将司法审判中的某些重要情节匿不上报，甚至将本应纳入审转复核体系的命盗重案直接在本地结案，架空了上级官员的监管。"[4]而这样必然导致对"情法相平"司法理念的偏离。即如本案中杜凤治对杀人犯的处置，其在审明案件事实后，并未按照审转程序逐级上报，或者将犯人按照律例规定归入秋审程序，也未对犯人施以法定死刑，而是在征求死者家属的同意后，将江亚华以站笼的方式处死结案。

而更为典型的不依律拟断的情形则多见于涉嫌诬告的案件之中。对于诬告者，《大清律例》中的惩治十分严厉："凡诬告人，笞罪者，加所诬罪二等。流、徒、杖罪，加所诬罪三等，各罪止杖一百、流三千里。"同时其还规定："若告二事以上，轻事告实，重事招虚；或告一事，诬轻为重者，皆反坐所剩。若已论决，全抵制罪；未论决，笞、杖收赎，徒、流止杖一百，余罪亦听收赎。"[5] 但是，在实践中，州县官员对于诬告的情形大多不予处置，最多斥责警告或处以罚款、笞杖等轻微处罚，而少有严格依律追究诬告责任。例如，同治七年（1868）十二月初九日，杜凤治审理的一起案件中，罗椅林控告罗文来强奸其妻子王氏，但罗文来并不承认，双方争执不下。杜凤治认为，罗文来也许觊觎王氏美色，可能会有动手动脚、言语调戏的行为，但并无强奸的切实证据，于是下令暂且将罗文来交捕厅看押，并委托当地士绅罗元华等人访查具体情形。几天后，捕厅向杜凤治报告，经过对罗文来的审讯，查出其因王氏少艾美貌，顿起淫心，虽无强奸行为，但两次调戏。杜凤治得知后，并未追究罗椅林诬告强奸之事，对于罗文来则判令罚银千两充公后，便予以释放。类似的，另一起案件中，钟锡远被控诱拐钟方型的孙媳妇黄氏，并带至陈其猷家进行轮奸。但经过审讯后杜凤治发现，有关拐卖、轮奸等情节实属妄控。陈奇猷只是收留了走失的黄氏，并得到了钟家的谢礼洋银六元，并无其他不轨行为。最终，杜凤治以擅自容留不识妇女为由，判令陈奇猷退还谢资，并罚洋银四十元充公。对于钟锡远，虽然没有证据证明其有奸拐的行为，但杜凤治认为其之所以被人指控，绝非空穴来风，恐怕平日有不端行为，于是责打四十大板后释放。但对于诬控者，杜凤治并未予以任何惩处，两造就此具结销案。

从"情法相平"到"规避责任"：
结果归责原则下的无奈之举

从上述命盗案件的处理结果可以看出，州县官员并没有执着于寻求案件真相，进而严格依照已经设定好"情法相平"标准的律例做出裁判。有学者对制度设定与司法实践偏离的原因进行了详细的阐述，指出这种偏离与州县官员担负的行政职责、司法资源的有限性、上级官员的监督压力等要素有关。[6]实际上，司法实践中所展现出的目标发生了偏离，不论是官员让案件在基层就得到终结，从而避免案件进入审转程序被上级官员所知悉，还是官员通过积极的手段把案件情节装点，实现移情就法、营造"情法相平"的效果，其最终目的都是使自己免于陷入被追责的困境之中。

清代错案责任追究制度体现出了以错案结果为导向的基本模式，即表现为"结果追责原则"。具体而言，从清代法律规范的构建来看，尽管存在一些免除或减轻处罚的条款，但其总体上呈现出有错案必追责的态势，即只要官员承审或核转的案件客观上存在错误，其就需要承担相应责任。在这一原则的影响下，错案追责呈现出过度严苛化的态势，尽管承审官员努力做出情法相平的判决，但有时仍难以摆脱较大的责任风险。因此，地方各级官员试图采取措施，从而在一定程度上对错案责任追究制度予以对抗与规避。

清代的错案责任法律规范呈现出以结果为导向的追责模式。《大清律例》的相关律文鲜明地体现出了结果归责的特点。例如，"官司出入人罪"条规定，对于故意出入人罪者，其所承担的责任是根据其将罪犯出罪或入罪的程度来决定的，即如果将无罪者判为有罪或有罪者判为无罪，则相关人员须被判处与错判刑罚相同的刑罚；若仅是增加或减轻刑罚，则根据其增减的程度来折抵刑罚。[7] 对于过失造成拟罪出入的官吏，同样是根据上述原则予以处理，只不过是在故意造成错案的处罚结果上予以减等。"断罪引律令"条规定，对于皇帝临时断罪的特旨，不能作为定律来比照使用，若官员混行比照，从而造成罪有出入的，需按照"官司出入人罪"的处罚标准来定罪量刑。[8] 其同样是基于造成错案这一结果来作为追责的标准的。《吏部处分则例》中的错案责任规定也反映出以结果为导向的追责倾向，其同样区分了故意与过失，但不论何种情形，只要造成了拟罪出入的，《则例》就会将其纳入错案责任的考量范围之中，而其处罚的力度也是根据其错误的严重程度来决定的。尽管也有一些条文涉及官员司法活动中的具体行为，如改造口供、草率定拟等，但清廷并非以其行为本身作为追责的标准，而是将其作为判断官员主观方面的依据，即通过这些行为反推官员主观上存在故意，从而加重处罚，因此这些条文的侧重点仍是在改造口供、草率定拟之后所导致的"故行出入""枉坐人罪"等具体后果。[9]

从清廷的规定可以看出，一般情况下，只要拟罪结果与最终判决结果出现偏差，就构成错案，追责制度便立即启动。有关故意或过失的主观因素，仅是错案追责开始之后处分程度的考量因素。即便是涉及官员行为的条文，也不过是为了考察其主观过错程度，以便增减相应处分。由此看来，清代错案责任制度在规范层面体现出了结果归责原则。这种以结果为导向的归责模式并未以官员的主观意图、具体行为作为追责启动的标准，而是关注于拟罪是否出入这一结果。其对承审官员提出了过高的要求，即便其尽力追求情法相平的判决，但稍有出入，便会落入错案追责的罗网之中。在这种苛刻化的追责模式下，各级官员不得不采取一定措施予以应对，以减少被追责的风险。

1　[日]寺田浩明：《清代刑事审判中律例作用的再考察——关于实定法的"非规则"形态》，载氏著《权利与冤抑：寺田浩明中国法史论集》，王亚新等译，清华大学出版社，2012年，第326页。

2　徐忠明：《明清刑事诉讼"依法判决"之辨证》，《法商研究》2005年第4期，第155页。

3　本文材料均引自邱捷点注《杜凤治日记》（第二册），广东人民出版社，2021年，下文不再赘引。

4　邓建鹏：《清代州县司法实践对制度的偏离》，《清史研究》2022年第2期，第5页。

5　《大清律例通考校注》，第885页。

6　参见邓建鹏《清代州县司法实践对制度的偏离》，《清史研究》2022年第2期，第1—13页。

7　《大清律例通考校注》，第1068页。

8　《大清律例通考校注》，第1108页。

9　参见《钦定大清会典事例·吏部·处分例》（光绪朝）卷123，"官员断狱不当"，光绪二十五年重修本。

水灾是否发生？
——知县彭体仁隐匿灾情案

黄心瑜

　　确保自底层到顶层的信息畅通和真实，是庞大帝国的统治者们所面临的共同挑战。康熙皇帝曾言"广开言路，为图治第一要务"，乾隆皇帝也强调"言路不开，则耳目壅闭"。然而真实信息的获取需要成本，尤其是在层级森严的官僚组织和复杂的官文书传递流程中甄别真实信息，并非易事。乾隆四年（1739）的雄县知县彭体仁隐匿灾情遭弹劾一案，就折射出清代官僚制度内部信息传递和官僚监察的难题。[1]

开端和调查

　　乾隆三年（1738）十二月，都察院左都御史索柱在巡查途中经过雄县，发现该县东部数十里地区深陷水患，当地居民普遍抱怨在水灾发生后未得到及时救济。第二年三月十一日，索柱在向乾隆皇帝的奏折中详细描述了这一情况：

> 臣去年十二月出京路经直隶之雄县，闻署县彭体仁办事糊涂，专批佐贰。该县被水，籽粒无获，乃谎报并未成灾。及该督委员查勘，则指夏间所收之麦，与水中捞获之麻稭为秋收实据，以致灾黎不蒙赈济，日受追征之苦。臣过县时见雄邑之东南水连数十余里，直接文安交界，土民咸称次年亦难涸干。四面邻邑均食赈济，而雄县之被水围绕如石桥村、孟家庄、李村、王冬村，以及齐官村、龙华村、夏村、史哥庄等处，与任邱县因灾赈之五官村比邻而居，不能一体沾沐圣恩。且城之西南有村名马蹄湾者，半属新安县半属雄县，属新安者食赈，属雄县者征粮等语。今臣回京再访受灾各村，佥称涸出水地赶种麦田者，仅十之一二。可望种大田者，不过十之二三。其余仍水深二三尺，及四五尺，断不能耕种。而知县彭体仁只知修理书房花园，时常演戏行乐，开印即比钱粮。近闻新任总督有亲查水地之信，始知

恐惧，令借截留米石，又乡地肯保方准借给，仍多添一番掯勒。臣思穷民被灾，既不能与四面邻邑同沾皇恩，而正供征之火耗催之，应借之项又掯勒，稽迟之民将何以堪，此仰祈皇上勅喻直督速委贤员查明水村庄，加意抚恤，暂停征比，将彭体仁严参重处，庶民怨得伸，均沐生成之厚恩矣。

索柱获知雄县水灾的消息纯属偶然。乾隆三年冬，他在出京办差的途中路过雄县，目睹雄县东部田地成为广泛的水域，村庄陷入水淹之中。当地居民反映水患将持续到下一年，并抱怨知县彭体仁虚报实情，导致雄县居民未能享受到应有的赈灾救济。索柱得知灾情后并未立即上报，而是在乾隆四年春完成公务返回京城时再次路过雄县，进行了第二次调查。

这一次，当地百姓表示，尽管积水已经退去，但能够赶种的麦田仅有十之一二，大田仅有十之二三，而其他田地仍然深陷水中，有的甚至达到四五尺深。索柱在本次调查后向乾隆报告了此事，在奏折中，他指责知县彭体仁只顾在花园中娱乐，截留米石并虚报收成，企图掩盖真实的灾情。

索柱的报告，属于直达天听的额外信息渠道。在通常情况下，清代的灾情信息由州县官主动上报，再经由府一级、省一级层层审核，直至皇帝案前。勘察灾情程序分为初查和再查两部分，初查通常由当地州县官主持，灾户上报里甲，里甲勘察造册，知县再上报督抚；再查则是由上级官员派遣本省其他正印官进行核查。此后督抚通过奏折将情况上报至皇帝，再交至户部、工部讨论，最后救灾方案再下达至督抚和其他地方官。若是官员对于灾情的处理有过错或失误，则会面临严厉惩罚。

然而，值得注意的是，作为都察院左都御史的索柱在陈述了自己的见闻后，转而提到彭体仁的上级直隶总督孙嘉淦，指出他有查灾情的经验，并建议由孙嘉淦委派官员进行调查。索柱的调查请求得到乾隆皇帝的支持，皇帝在奏折中批示孙嘉淦全面调查此事。

于是，孙嘉淦委派保定府知府，即彭体仁的上级倪象恺，亲自前往雄县实地调查。经过仔细调查后，倪象恺认为尽管雄县去年（乾隆三年）确实有多个村庄遭受水灾，但积水迅速退去，因此在调查时判定为"未成灾"。此外，索柱在奏折中提到的村庄，去年冬季的积水已经减退六七成，土地也已经种上了麦禾。由此，倪象恺进一步强调，这些村庄属于"一水一麦"之地，即夏秋季节积水，冬季水干后方可耕种——换言之，索柱路经时看到的田地积水并非灾害的结果，而是冬季淀边田地的正常状态。至于索柱提到的"石桥村、马蹄湾"等其他村庄，它们本就是淀中村庄，以打渔为生，淹没在水中是常态。倪象恺的报告含蓄地指出御史索柱不熟悉当地情况，造成了对"灾情"的误解。

在派遣官员进行在地调查的同时，孙嘉淦还查阅了"水灾"当年，即乾隆三年时任直隶总督李卫所报告的文书。在李卫的报告当中，雄县知县彭体仁确有报告当年六月二十四和二十五日，天降大雨，河道中水位升高，雄县内有多达五十二个村庄被淹没。知县彭体仁派员进行灾情勘察——而根据当时的灾情勘察结果，水灾并未造成严重影响，田地中有六七分的收成已被收起。只需要适度出借麦种和口粮，当地百姓就能渡过难关。直隶总督李卫还派遣邻近新城县知县冯景对此灾情进行复查，冯景也确认了彭体仁的报告符合事实。

调查至此，本案出现了两个大相径庭的故事，而两者均有一定证据支持。一方面，御史索柱的上奏来自亲眼所见、亲耳所闻；另一方面，倪象恺和冯景的两次实地核查结果相同，冯景的报告还被前总督李卫所确认。那么事件的真相究竟是如何呢？

事实和裁断

作为案件的主办官员，总督孙嘉淦如何进行应对？笔者细察索柱和倪象恺的说法，二人主要争点有以下两个：雄县被淹没的田地究竟属于受灾还是常态？雄县知县彭体仁有没有瞒报灾情？若要确认两个问题事实，就必须从更广阔的背景入手，不能只关注奏折所提供的信息。

雄县位于大清河流域白洋淀边缘，符合"一水一麦"之地的特征，所谓"一望平芜，虽不免年年过水，而水过沙留，次年麦收丰稔，所谓一水一麦是也"。根据明清两代的记载，水灾和赈济对于雄县而言并不罕见。邻近的新安县志中的记载也显示，雄县在乾隆三年确实经历了严重的水灾，这正是御史索柱目睹的情景。此外，索柱所见到的村庄被水围绕的场景也表明雄县在乾隆三年冬天确实遭受了水灾。根据《雄乘二卷》和《雄县新志》中的地图，索柱提到的"史哥庄"是唯一一个建在淀中的村庄。其他如石桥村、李村等则是河流边的村庄，虽然冬日可能会被水淹，但村庄本身并非淀中村庄。索柱路过雄县时目睹的是县东南连片积水数十里，多处村庄被水围绕的景象确实是该地受到灾害影响的结果。

另外一个值得注意的背景是清代的勘灾和蠲免制度。在清代，涸出土地的比例对于灾情判定和赈济方式至关重要。判定水灾灾情的情况，清代通常根据一至十分的轻重程度进行区分。顺、康年间，水灾若是被认定为五分以下的灾情，即被视为"不成灾"，蠲免的幅度也很小。到了雍正年间，灾情判定标准更加详细，政府赈济力度增大，即便是六七分"勘不成灾"，也能得到赈济。乾隆三年，即便是五分"不成灾"的状况，地方官查勘后也可免除十分之一的钱粮。然而，在蠲免与否界限附近的三至六分灾的情况，较为难以判断。

面对两个差异甚大的版本，总督孙嘉淦认真审视了两位官员的陈述。索柱声称乾隆四年初此地干涸了不超过三成的土地，春季麦田的种植也因此受到威胁；而倪象恺则表示干涸的土地有六七成，对春季的种植并无妨碍。索柱和倪象恺实际的争端，是两三分灾和六七分灾的差异——而此差异，会导致赈灾方式的不同，进而影响知县彭体仁是否失职的判定结果。孙嘉淦反复推敲，认为即便按照倪象恺的说法，到了乾隆四年三月，土地涸出的比例也仅为六七分，而回到乾隆三年冬天，雄县被淹没的土地肯定更多。

总督孙嘉淦没有完全接受冯景、倪象恺的说法。他认为，村庄被水围困无疑属于受灾情况，但灾情并不严重，不会影响"一水一麦"之地的春季麦田种植。雄县被认定为灾区后，需要进行赈济，孙嘉淦的解决办法是免除雄县所借的粮种，将其作为赈灾物资。雄县所借的粮种已经运抵，政府实际上并没有承担更繁重的救灾事务。相较于常见的发赈米、赈银或以工代赈等赈灾方式，免除所借粮种的债务对政府而言无疑是最便捷的。至于索柱和倪象恺另外一处的争议点，即雄县知县彭体仁是否作为，由于两方均无确凿证据，索柱的指控未被接受。

孙嘉淦提出的处理方案被乾隆皇帝认可。知县彭体仁因勘灾不实、罔恤民瘼被弹劾，后被革职。被革职的彭体仁在乾隆五年（1740）四月七日又再次被参劾，要求他补回雍正十三年（1735）并乾隆一至三年扣存廪给等项银两，此项追缴直至乾隆十五年（1750）五月大学士兼户部尚书傅恒确认彭体仁已无产业方才告终。

总督孙嘉淦最后认定的故事是否最贴近乾隆三年雄县水灾的真实情况，已不得而知。从其他旁证所提供的信息而言，乾隆三年水灾的发生是毋庸置疑的，但双方争议的焦点，即水灾的严重程度和知县彭体仁的瞒报情况，其实两方的故事都并没有足够的证据支持。那么，在事情的真相尚且不完全清晰的情况下，为什么负责案件的直隶总督孙嘉淦就能认定一个"真相"并进行处理呢？在某种程度上，雄县水灾和彭体仁遭弹劾案并不是一个追查真相的"青天"故事，而更接近一个反映清代官僚体系的信息传递和权力结构特点的常规案件。比起"真相"，处理结果可能更为重要。

常规和非常规信息

直隶总督孙嘉淦的上述处理手法，与清代官僚系统内层级之间信息流动和责任分配的情况密切相关。就局限的信息进行稳妥判断，这是清代上级官员的常见难题。当然，这一问题不仅局限于本案，这是清代"治官之官"普遍面临的挑战。以本案的灾情信息上报为例，本案的难点就在于常规信息渠道和非常规信息渠道所提供的信息不相符合：常规信息渠道报告灾情不严重，而非常规信息渠道显示灾情非常严重——面对不同信息来源的两种"事实"，决策者应如何应对？

以本案的信息来源为例，其主要包括雄县知县彭体仁的报告、新城知县冯景的复查报告、御史索柱的观察以及倪象恺的调查报告。其中，彭体仁和冯景的报告属于常规信息，而直隶总督李卫基于他们的报告做出判断。这种常规信息系统在处理灾情时存在局限，因为它依赖于下级官员的报告，而这些官员的忠诚度和责任心可能会影响报告的可靠性。此外，考虑到清代官僚组织的制度设置和权力结构，细密的考成方式和上下连带责任制度虽然在一定程度上促使官僚组织自行监察，但也在另外一方面使得报告的真实性更加值得推敲。

平行于常规信息，非常规的信息呈现出一种突发性、非系统性的特点。御史索柱的观察是一次偶然的事件，他是在路过雄县时偶然得知了当地情况。然而，由于索柱对雄县地理和农业情况的不熟悉，他提供的信息存在一定的不确定性。比如，索柱的报告就未深入讨论"一水一麦"之地的情况，也未考虑田地积水退去比例和当地小麦种植时间的关系。

此案呈现出清代两种信息渠道可能存在的"短板"：尽管常规信息具有严格的复查监督机制，但过于依赖下级官员的忠诚度和对本职责的责任心；相反，非常规信息可能提供另一视角，但其本身存在偶然性和不确定性问题，这需要身居高层、掌握多种消息源的统治者甄别和筛选。在信息冲突时，深入调查通常成本高昂。因此，在清代官僚体系的日常公务中，更多依赖于常规信息系统。在大多数情况下，这个版本也是上级"治官之官"所知的全部真实。

于是，清代官僚体系对于重大事务的决策依赖于常规信息系统，这也意味着对于大部分政务决策，它放弃了对绝对真实的追求，而容忍了一定程度的真相缺位。非常规信息系统，则通过在重大事务上提供额外信息对常规信息进行补充，以及在选拔适格人才方面发挥作用。由于非常规信息系统的突袭特性，其无法与常规信息形成"一事一察"的对应关系，而只能服务于重点事务和时间周期较长的事务。两者相互配合，既提高了政务决策的效率，又在某种程度上维护了统治的稳定，同时反映了清代统治者在信息传递机制上的一种权衡和取舍。

1 本案相关档案见第一历史档案馆藏清代朱批奏折，档号：04-01-01-0036-024，题名：奏为遵旨查勘雄县被水及知县彭体仁勘灾不实各情形事，乾隆四年三月二十四日；奏折，档号：04-01-01-0036-026，题名：奏为直隶雄县知县彭体仁匿灾民怨沸腾请饬直隶总督委员查明加意拊恤事，乾隆四年三月十一日；题本，档号：02-01-03-03689-002，题名：题为特参雄县知县彭体仁等赋性庸愚勘灾不实请旨革职事，乾隆四年四月初三日；题本，档号：02-01-03-03701-006，题名：题为会议特参直隶雄县知县彭体仁新城知县冯景曾勘灾不实罔恤民瘼事，乾隆四年六月初八日；题本，档号：02-01-03-03919-003，题名：题为奉旨严审前参直隶雄县知县彭体仁亏空各年票给等项情形续参事，乾隆六年六月二十日；题本，档号：02-01-04-13406-006，题名：题为遵旨确查直隶雄县所属亚雀等村乾隆三年被水参革知县彭体仁漏报灾情及赈恤事，乾隆六年十月初六日。

作
者
简
介

周　琳，历史学博士，自由写作者。

辛佳颐，苏州卫生职业技术学院讲师。

王冕森，北京大学历史学博士。

陈佳臻，中国政法大学法律古籍整理研究所副教授。

郑小悠，国家图书馆研究馆员。

杨　扬，中国政法大学法学博士。

张田田，沈阳师范大学法学院副教授。

赵进华，东北大学文法学院讲师。

史志强，华东政法大学法律学院特聘副研究员。

景风华，四川大学法学院副教授。

白　阳，上海政法学院法律学院讲师。

黄心瑜，北京大学国际法学院助理教授。

图书在版编目（CIP）数据

洗冤录：中国古代刑案故事集 / 钟源编；郑小悠
等著. -- 上海：上海古籍出版社，2025.7（2025.9重印）.
ISBN 978-7-5732-1678-6

Ⅰ. I276.3

中国国家版本馆CIP数据核字第2025319XA5号

洗冤录：中国古代刑案故事集

钟源 编

郑小悠 史志强 周琳 等 著

上海古籍出版社出版发行

（上海市闵行区号景路159弄1-5号A座5F 邮政编码201101）

（1）网址：www.guji.com.cn

（2）E-mail：guji1@guji.com.cn

（3）易文网网址：www.ewen.co

山东京沪印刷科技有限公司印刷

开本787×1092 1/32 印张8 插页6 字数140,000

2025年7月第1版 2025年9月第2次印刷

印数：5,101—10,200

ISBN 978-7-5732-1678-6

I·3936 定价：62.00元

如有质量问题，请与承印公司联系